칼 라거펠트
변화가
두려울 게 뭐야

Karl Lagerfeld

내가 **꿈꾸는 사람** _ 패션 디자이너

칼 라거펠트
변화가
두려울 게 뭐야 Karl Lagerfeld

초판 1쇄 2013년 3월 25일
초판 6쇄 2023년 10월 31일

지은이 문은영

편집 박은정
마케팅 강백산, 강지연, 김가연
표지디자인 권석연
본문디자인 유민경
패션일러스트 김상
진로 콘텐츠 감수 장은주

펴낸이 이재일
펴낸곳 토토북
주소 04034 서울시 마포구 양화로11길 18, 3층 (서교동, 원오빌딩)
전화 02-332-6255
팩스 02-6919-2854
홈페이지 www.totobook.com
전자우편 totobooks@hanmail.net
출판등록 2002년 5월 30일 제10-2394호
ISBN 978-89-6496-114-8 44890
ⓒ 문은영, 2013

내가 **꿈꾸는 사람** _ 패션 디자이너

칼 라거펠트
변화가
두려울 게 뭐야

Karl Lagerfeld

글 문은영

티ㅁ

변화를 두려워하지 않는 패션의 황제

"지나간 시간은 중요하지 않아. 오늘, 그리고 내일만 중요할 뿐."

칼 라거펠트라는 이름이 낯설다고요? 그럼, 샤넬 수석 디자이너이자 아트 디렉터라는 직함은 어떤가요? 펜디 수석 디자이너는? 패션의 황제, 혹은 카이저 칼로 불리는 사람이라면?

브랜드의 명성 뒤에 숨어 있어, 우리나라 사람들 사이에선 코코샤넬, 이브 생 로랑, 피에르 가르뎅 같은 디자이너보다는 덜 알려졌지만 칼 라거펠트는 패션의 역사에서 빼놓을 수 없는 사람이에요. 아니, 지금도 여전히 가장 영향력이 큰 디자이너랍니다.

백발의 꽁지머리, 손가락을 뒤덮은 반지와 가죽 장갑, 표정을 가리는 검은색 선글라스, 턱밑까지 올라오는 하얀 셔츠 깃과 스키니 팬츠, 그리고 고집스레 꽉 다문 입. 그의 독특한 외모와 더불어, 입만 열면 엄청난 속도로 쏟아내는 신랄한 말들은 그를 까탈스럽고 유별난 사람으로 보이게 했지요. 게다가 세상을 떠날 때까지 신비주의 전략을 고수해 그의 삶에 관해 널리 알려진 게 별로 없어요.

사실, 저도 이 책을 쓰기 위해 칼에 대해 자세히 공부하기 전까지는 칼이 샤넬과 펜디 수석 디자이너라는 점 외에는 잘 알지 못했어요. 하지만 공부하면 할수록 까칠한 겉모습 뒤에 숨겨진 재능과 일에 대한 놀라운 헌신, 그리고 사람들을 따뜻하게 배려하는 모습에 놀라고 또 놀라게 되었어요. 칭찬에 인색한 패션계 사람들이 왜 그를 '패션의 황제'나 '미다스의 손'이라고 부르는지 조금씩 알게 되었답니다.

독일의 부유한 가정에서 늦둥이로 태어난 칼은 어렸을 때부터 잡지를 오리며 놀던 소년이었어요. 패션과 그림에 골몰했던 그에게 친구는 단 한 명도 없었지만, 친구가 없는 것을 고민하지 않았어요. 친구보다는 책과 공상을 통해 자신의 세계를 만들어 내고, 그 안에서 자신의 꿈을 찾아내고 말았죠. 그가 찾아낸 꿈은 패션 디자이너였답니다.

칼은 세계 패션의 수도인 파리에서 꿈에 첫발을 디뎠어요. 칼이 패션 디자이너로써 활동을 시작한 1950년대에는 고급 맞춤옷인 오트 쿠튀르가 패션의 중심이었어요. 오트 쿠튀르 하우스에 취직한 칼에게는 성공의 길이 열린 것과 마찬가지였지만 옷을 만드는 장인인 쿠튀리에가 상류층 귀부인들을 위해 한땀한땀 옷을 만드는 오트 쿠튀르는 칼이 보기에 늙고 딱딱한 세상일 뿐이었어요.

그가 보기에 세상은 엄청나게 변해가고 있었어요. 새로 떠오르는 중산층 여성들도 패셔너블한 옷을 입고 싶어 했지만, 오트 쿠튀르의 맞춤옷들은 너무 비싼 데다 노티나는 디자인들이 대부분이었어요. 새롭고 혁신적인 디자인을 추구하는 칼은 중요한 결심을 했답니다. 오트 쿠튀르의 세계에서 걸어나와 아무도 거들떠보지 않던 기성복 시장인 프레타 포르테에 뛰어든 거예요. 부자들만이 아니라 보통 사람들도 패션을 즐길 수 있게 하고 싶었던 거죠.

아무도 칼의 선택을 이해하고 지지해 주는 사람은 없었어요. 정작 본인은 변화를 두려워하지 않았지만, 사람들은 안정을 버리고 변화를 택한 그를 파리 패션계의 이단아라고 불렀지요. 하지만, 그의 선택은 옳았어요. 오트 쿠튀르의 단골들도 차츰 프레타 포르테의 옷을 입기 시작했고 끝끝내, 펜디를 비롯해 칼이 디자인하던 수십 개의 프레타 포르테 브랜드가 패션 시장의 변화를 이끌었지요.

안정된 길을 갈 것 같던 칼은 또 한번 반전을 보여 주었어요. 1983년, 오트 쿠튀르의 대명사인 샤넬의 수석 디자이너이자 아트 디렉터로 자리를 옮긴 거예요. 대중들은 오트 쿠튀르의 시대는 끝났다고 독설을 퍼붓던 칼이 샤넬 하우스의 디자인을 맡게 된 것에 놀랐어요. 오트 쿠튀르의 전설이 된 샤넬을 칼이 어떻게 따라잡을 수 있을지, 옛 명성이 무색할 정도로 몰락해 가는 샤넬 하우스를 칼이 어떻게 되살릴 수 있을지 궁금해했어요. 그 기대에 부응하듯 칼은 귀부인들을 위한 최고급 옷의 대명사 샤넬을 젊고 트렌디한 멋쟁이들이 열광하는 럭셔리 브랜드로 되살리는 데 성공했답니다. 그의 시도는 곧 럭셔리 브랜드의 선풍과 슈퍼모델의 등장, 패션 산업의 업그레이드를 불러왔어요.

변화를 즐기는 그는 성공한 디자이너로서의 삶에만 만족하지 않았어요. 사진작가, 일러스트레이터, 서점 주인, 영화감독으로 끊임없는 변신을 하며 세상을 떠나는 순간까지도 '르네상스 맨'으로 다재다능한 재능을 꽃피웠답니다.

이런 변화와 성공의 배경에는 그의 재능을 넘어서는 노력이 숨어 있었습니다. 집에 23만 권의 책을 쌓아놓고 공부하던 책벌레인 칼은 매일 새벽 일찍 일어나 하루 19시간씩 자신의 일에 열정적으로 매진했습니다. 그래서 칼은 패션계의 가장 맹렬한 '일벌레'로 꼽혀요. 모든 것을 다 알고 싶다는 놀라운 호기심으로 중무장하고, 자신의 명성에 안주하지 않으며 새로운 변화를 편견없이 흡수하면서 끝없이 변신을 시도했던 사람, 바로 칼 라거펠트예요.

이 책의 초판은 그가 살아 있던 2013년에 나왔어요. 그래서 책을 쓴 당시까지 그의 이야기를 담았고, 시제도 그대로 살려 두었어요. 디자이너를 넘어 시대의 아이콘으로 남은 그를 기립니다.

여러분은 앞으로 어떤 일을 하고 싶은가요? 그 꿈이 꼭 패션 디자이너가 아니라 해도 칼 라거펠트를 따라해 보세요. 타고난 재능이 어쩌하든, 그만큼만 노력한다면 성공은 멀지 않을 거예요.

3

Karl Lagerfeld

칼의
성공법 7가지

4

Karl Lagerfeld

칼 라거펠트를
꿈꾼다면

패션 디자이너 진로 & 직업 탐구

1

패션을 사랑하는 외톨이 늑대

책만 읽는 외톨이 소년

아버지가 쉰 넘어서 얻은 귀한 늦둥이 칼은 어려서부터 잡지책에서 드레스 사진을 오리고 책 읽기만 좋아하던 외톨이였어요. 나치가 지배하던 독일의 숨 막히는 분위기 속에서 머리를 기르고, 회사원처럼 깨끗하게 다림질된 옷만 입고 다니던 '튀는 소년'은 어서 빨리 어른이 되고 싶었어요. 18세기 상수시 궁전의 그림 속에서 평생의 꿈을 발견한 칼은 전쟁이 끝난 후 꿈을 이루기 위해 파리로 가요. 패션의 수도 파리로!

칼 라거펠트, 변화가 두려울 게 뭐야

전 세계를 누비던 아버지

흔히 위인전을 보면 주인공이 언제 어디서 태어났는지부터 나오죠? 저도 '칼 오토 라거펠트Karl-Otto Lagerfeld는 1933년 9월 10일 독일 함부르크에서 태어났어요.'라고 말하고 싶은데, 그렇게 간단히 시작하기 어렵네요. 왜냐하면 본인은 1938년에 태어났다고 얘기하고 있거든요. 여러분도 인터넷으로 칼 라거펠트를 검색해 보세요. 출생연도가 1933년과 1938년, 두 가지 버전으로 나와 있고, 책을 봐도 마찬가지예요. 그래서 많은 사람이 칼의 나이를 궁금해 해요.

주민등록증 같은 자료를 보면 확실하게 알 수 있지 않느냐고요? 1930년대 독일은 우리나라의 주민등록증 같은 제도가 갖추어져 있지 않았고, 제2차 세계대전을 겪으면서 서류가 사라져 버린 경우도 많았어요. 그 당시 사람의 출생연도를 확인하고 싶을 때 가장 믿을 만한 자료는 교회 기록부인데, 칼 라거펠트의 경우엔 1933년에 태어났다고 기록되어 있어요. 독일의 한 신문 기자가 학교 선생님과 같은 반 친구에게 물어봤을 때도 다들 칼이 1933년생이라고 대답했다고 해요. 하지만 본인은 1938년생이라고 하니, 혼란스러운 거죠. 수백 년 전 사람도 아닌데 나이조차 불분명한 신비주의자 칼 라거펠트, 어떤 사람일지 궁금하지 않나요?

칼의 아버지 오토 라거펠트는 1881년 부유한 은행가 집안에서 태어난 스웨덴 사람이었는데, 독립심이 아주 강해서 물려받는 재산에 기대어 살고 싶지는 않았대요. 16살부터 25년 동안 남미, 미국, 러시아 등 세계 각국을 돌아다니며 무역 회사에서 일을 하다가 1906년 '샌프란시스코 대지진'을 경험하게 됐죠. 너무나 끔찍한 경험을 한 후 미국을 떠난 그는 러시아 블라디보스토크로 와서 자리를 잡고 새로운 회사에 취직했지만, 1917년에 일어난 러시아 혁명 때문에 어쩔 수 없이 떠나야 했어요.

애써 쌓은 경력과 터전을 잃어버린 채 고향 함부르크로 돌아온 칼의 아버지는 그동안 모은 돈으로 자신의 무역 회사를 차렸어요. 하지만 1925년 사업이 정체기에 접어들게 되자 미국 낙농 회사에 취직해 독일 지사인 글뤽스클레 우유 회사 사장으로 승진했고, 독일에서는 처음으로 연유를 판매하면서 회사를 크게 키웠어요.

귀한 늦둥이 아들 칼

칼의 아버지는 함부르크로 돌아온 후 결혼을 하고 차분한 삶을 이어가려 했지만 그 또한 쉽지 않았죠. 아내가 딸을 낳은 직후 세상을 떠났거든요. 1930년 엘리자베스 발만을 만나 재혼한 칼의 아버지는 그 다음 해에 딸 마사 크리스티나를 얻었고, 1933년 9월 10일에는 아들인 칼을 얻었어요. 그때 오토가 52살, 엘리자베스가 36살이었으니, 칼은 두 사람이 뒤늦게 얻은 외아들이었어요.

엘베 강이 한눈에 내려다보이는 함부르크 교외 부촌에 살던 칼과 가족들은 1934년, 아이들의 건강을 생각하는 아버지의 결정으로 목장과 농장이 딸린 저택이 있는 바드 브람슈테트Bad Bramstedt로 집을 옮겼어요. 하지만 교통편이 발달하지 못한 1930년대에 집에서 함부르크의 사무실까지 40㎞가 넘는 거리를 매일 출퇴근하는 일은 쉽지 않았어요. 게다가 일 때문에 집을 비워야 하는 날도 많았던 아버지는 아이들과 함께 놀아 주고 싶어도 퇴근이 너무 늦어 아이들이 자는 모습 밖에 보지 못하게 되자 속이 많이 상했어요.

아이들과 좀 더 많은 시간을 보내고 싶었던 그는 1939년, 가족을 데리고 다시 함부르크 시내로 이사를 갔어요. 그런데 이사를 하자마자 제2차 세계대전이 일어났죠. 전쟁을 일으킨 나라는 모두가 알다시피 독일이었고, 함부르크에는 배와 잠수함을 제조하는 기지가 있었어요. 젊은 시절 산전수전을 다 겪은 칼의 아버지는 함부르크가 연합군의 폭격 목표가 될 것이 분명하다고 생각했답니다. 그래서 가족들을 다시 바드 브람슈테트로 데려갔어요. 덴마크와의 접경지대라서 함부르크보다 훨씬 안전한 지역이었거든요. 아버지의 선견지명 덕분에 칼과 가족들은 전쟁 후반기까지 평온하게 살 수 있었어요.

잡지를 오리고 노는 책벌레 꼬마

칼의 누나 크리스티나는 말괄량이였어요. 집 옆에 있는 커다란

패션을 사랑하는 외톨이

너도밤나무도 쉽게 오르내릴 정도로 나무 타기의 명수였고, 동네 아이들과 숨바꼭질 놀이를 하느라 온 숲속을 놀이터 삼아서 휘젓고 다녔어요. 또, 농장 일을 돕는 것도 좋아해서 외양간 청소 정도는 혼자서도 척척 해 내는 소녀였죠.

하지만 누나와 달리 칼은 얌전한 아이였고, 혼자 노는 걸 좋아했어요. 2~3살 때부터 손톱 가위로 잡지에서 멋진 드레스 그림을 오려 내는 놀이에 빠져들었지요. 사내 녀석이 뛰어놀지는 않고 계집애처럼 여자 옷들에만 관심을 둔다고 걱정할 법도 한데, 아버지는 늦둥이 칼이 귀엽기만 했어요. 아들이 원하는 건 뭐든 다 들어주고 싶어 했죠. 잡지가 다 떨어질까 봐 칼이 걱정하면 "걱정하지 마라. 잡지를 넉넉히 가져다줄 테니." 하고 말씀하시곤 했어요.

실용적인 면을 추구하는 사업가였던 아버지와 달리, 어머니는 멋쟁이에 예술가 기질이 다분한 사람이었죠. 외출할 때뿐만 아니라 집에서도 파리에서 사 온 멋진 드레스를 입고, 칼에게 바이올린 연주를 들려주거나 노래를 부르곤 했어요. 칼이 어려서부터 옷에 관심이 많았던 것도 '랑방'이나 '비오네' 같이 유명한 디자이너의 드레스를 좋아했던 어머니의 영향을 많이 받은 탓이었죠.

어머니는 늦둥이 아들을 사랑했지만, 엄했다네요. 칼은 어렸을 때 말을 무척 많이 하는 아이였는데, 하고 싶은 말도 많고 궁금한 것도 많아서 어머니 뒤를 졸졸 따라다니며 온갖 질문을 해댔어요. 하지만 어머니는 한없이 늘어지는 칼의 말을 냉정하게 잘라 버리곤 했죠. 그래서 어머니가 문을 닫기 전에 말을 마쳐야만 했고, 요점만 짧게 말하는 법을 배우게 되었다고 해요.

혼자서 글자를 깨치게 된 것도 어머니 덕분이었어요. 4살 때부터 어머니는 칼에게 매일 한 페이지씩 사전을 읽어 주셨대요. 그런데 칼이 책을 읽어달라고 계속 졸라대니까 어머니는 "엄마 보고 책을 읽어 달라고 하지 말고 혼자서 책을 읽을 수 있게 공부하렴." 하고 칼에게 그림책을 쥐어주셨어요. 칼은 어머니가 주신 그림책 중에서 『니벨룽겐의 노래』를 제일 좋아했어요. 멋진 그림 옆에 쓰인 글을 읽기 위해 어린 칼은 혼자서 한 자씩 글자를 익혔어요. 잡지에서 옷 그림을 오리고 노는 것에 싫증 날 때쯤 칼은 책 읽기에 빠져들게 되었죠.

어느 여름 오후, 사촌과 동네 친구들이 놀러 왔어요.

"칼, 책만 읽지 말고 우리랑 놀자."

하지만 칼은 들은 척도 하지 않고 책에만 코를 박고 있었어요.

"칼, 우리랑 인디언 놀이 하자!"

친구들이 아무리 졸라 대도 칼은 꿈쩍하지 않았어요. 아이들은 책만 보는 칼을 놀려 주고 싶어졌어요.

"우리가 인디언이 돼서 칼을 습격할까?"

"좋아! 칼이 포로가 되면 우리랑 같이 놀겠지?"

장난꾸러기들은 숲속에서 딴 블루베리를 으깨서 얼굴과 몸에 발라 인디언 용사로 변장했어요. 그리고 칼이 책을 보고 있는 발코니

패션을 사랑하는 외톨이

난간 밑을 살금살금 기어갔죠.

"아후후후! 우리는 인디언이다! 항복해라!"

아이들은 칼이 책을 놓고 함께 인디언 놀이를 할 거로 생각했지만, 칼은 깜짝 놀라 소리 지르며 집으로 도망가 버렸어요. 인디언 놀이뿐만 아니라 전쟁놀이를 해도 칼은 어울리지 않았어요.

"전쟁놀이, 나무 타기, 숨바꼭질이 싫증 나면 우리는 재미삼아 칼이 읽던 책을 뺏곤 했어요. 칼은 카우보이와 인디언이 나오는 이야기책은 읽어도 절대 인디언 놀이를 하지는 않았어요."

옆집에 살던 친구는 칼이 오직 책만 끼고 살았다고 회상했어요.

나치즘이 지배하는 세상의 별종

학교에 들어간 칼은 도맡아놓고 1등을 하는 공부벌레는 아니었지만, 마치 사진을 찍어 놓은 듯한 정확한 기억력 덕분에 한 번 읽은 건 절대 잊지 않았어요. 그러니 아무도 그를 당해 낼 수 없었죠. 예술적 재능도 남달랐어요. 스케치 솜씨가 빼어나 미술에 문외한인 사람이 봐도 아름답다고 감탄할 정도였대요.

칼은 옷차림도 다른 아이들과 달라서 눈에 쉽게 띄었어요. 여름이면 같은 반 아이들이 마치 숲 속에서 뛰놀다 온 것처럼 반바지 차림에 맨발로 학교에 왔지만, 칼은 검은 머리에 포마드를 발라서 단정히 뒤로 빗어 넘기고 짙은 색 재킷에 넥타이를 매고 구두를 신고

등교했어요. 그의 옷은 항상 단정했고 잘 다림질 되어 있어서 마치 회사원 같았죠.

"전 어떤 옷이든 제대로 갖춰 입는 게 좋아요. 어려서부터 그랬죠. 옷을 잘 갖춰 입어야 한다는 강박 관념은 어머니와 아버지로부터 물려받은 것 같아요. 다섯 살 때 가죽 반바지가 보기 싫다고, 안 입겠다고 떼쓰던 게 아직도 기억이 나요. 14살 때 아버지를 따라 함부르크의 유명한 양복점에 가서 처음으로 양복을 맞추던 날도요. 얼마나 설레던지, 아직도 느낌이 생생합니다."

길고 숱이 많은 머리카락도 놀림거리였어요. 제2차 세계대전이 일어나고 나치가 승승장구하던 시절이라, 사내아이들은 군인처럼 머리카락을 짧게 자르는 것을 당연하게 받아들이던 시절이었어요. "칼은 여자애 같아. 왜 머리카락을 저렇게 길게 기르지?"

같은 반 아이들이 수군거렸고 선생님께서도 짧게 자르고 오라고 말씀하셨지만 칼은 끝내 머리카락을 자르지 않았어요.

나치가 독일을 장악한 후 독일 소년들은 10살이 되면 '독일소년단'에, 14살이 되면 '히틀러청소년단'에 의무적으로 가입해야 했어요. 이 단체들은 스포츠와 사상 교육을 통해 나치즘을 맹신하게 하도록 아이들을 세뇌시키는 것이 목적이었죠. 사내다움이 중요하게 받아들여지고 명령에 대한 복종이 절대적으로 이루어지는 분위기에 젖어 소년들은 충성심 강한 나치 당원으로 키워졌고, 마음속 깊은 곳에서부터 히틀러를 존경하게 되는 것이었어요.

패션을 사랑하는 외톨이

그런 전체주의적 분위기 속에서 머리를 자르지 않겠다고 반항하다니, 이런 아이는 그 어디서도 찾아보기 어려웠어요.

내가 아이들을 따돌릴 거야!

군인처럼 바짝 자른 스포츠머리에 씩씩하게 독일 민요를 부르며 새총을 휘두르고 군대놀이 하는 독일소년단의 사내아이들 사이에서 머리도 길고, 항상 옷에만 신경 쓰고, 그림만 그리면서 방에만 웅크리고 있는 칼이 얼마나 튀는 아이였을지 상상해 보세요.

같은 반 친구들은 칼이 똑똑하지만, 여자애처럼 깔끔한 데다 그들을 전혀 좋아하지 않는 괴짜라고 생각했어요. 또래 아이 중에서 함께 놀거나 얘기를 주고받는 '진짜' 친구는 단 한 명도 없었지요.

"저는 칼과 매일 오후 4시에 마을 다리 위에서 만나야만 했어요. 전쟁 중이라 물자가 부족해서 학생 두 명당 교과서가 한 권씩 배급되는 상황이어서, 우리 둘이 교과서를 돌려가며 봐야 했거든요. 교실에선 바로 옆에 앉는 짝이었고 같은 동네에 살았지만, 칼과 서로 눈을 마주치는 건 그때가 유일한 순간이었어요. 저는 한 번도 학교에서 집까지 칼과 함께 걸어간 적이 없었어요."

짝이 이렇게 말할 정도로 칼은 학교에서 심하게 따돌림을 당했어요. 아이들이 그를 심하게 괴롭혔기 때문에 상급생들이 그를 집까지 호위해야 할 정도였어요.

"칼은 우리와 완벽히 다른 별에서 온 외계인 같았어요. 우리는 어렸기 때문에 그를 이해하지 못했어요. 우리가 놀려 댈 때마다 칼은 괴로워했어요. 언제나 얼굴을 붉힌 채 밖으로 나가 버리곤 했죠."

나치의 지배하에서 전쟁 중인 독일의 시골 마을을 생각해 보세요. 사내아이들은 전쟁 영웅처럼 무리지어 다니면서 전쟁놀이에 몰두했고, 마을에선 군대로 나가는 사람도 하나 둘 늘어났죠. 그 딱딱하고 거친 분위기 속에 패션에 관심이 많고 역사책 읽기를 좋아하는 조용한 소년 칼이 도망칠 곳이라곤 책과 그의 마음속밖에는 없었을 거예요.

칼은 확실히 따돌림 당했어요. 하지만 그들이 그를 따돌린 건지 아니면 그가 자신을 방어하기 위해 그들을 따돌린 건지 정확하게 알 수는 없어요. 아마도 둘 다가 아니었을까요?

일생의 꿈, 멘첼의 그림

2000년, 칼이 그동안 수집한 18세기 가구와 그림 컬렉션을 경매할 때 쓴 글을 보면 외톨이 칼이 마음속 깊이 품었던 이상향이 어떤 모습인지 알 수 있어요.

"나는 7살 때 아돌프 폰 멘첼의 그림을 보고 강력한 충격을 받았어요. 프레데릭 대제가 상수시 궁전에서 볼테르를 비롯한 친구들을 접대하는 장면을 그린 그림이었는데, 이 우아하고 세련된 장면에 홀딱 빠져들고 말았어요. 그림 속 사람의 삶은 모든 것을 바쳐서라도 성취하고 싶은 모습이었고, 내가 살고 싶은 인생이었어요."

아돌프 폰 멘첼은 독일의 유명한 역사 화가에요. 그는 프로이센 역사책, 특히 프리드리히 대왕에 대한 역사책에 실린 그림이 인기를 끌면서 이름이 알려지기 시작했어요. 프리드리히 대왕의 상수시 궁전에서 열린 음악회 같은 장면을 화려하게 묘사한 그림으로 당대의 유명 화가로 등극했고, 웬만큼 여유 있는 독일 가정에서는 멘첼의 그림을 복제해서 거실에 걸어 두는 게 유행이 되었대요.

칼이 본 멘첼의 그림은 한 쌍의 샹들리에로 불을 밝힌 식당이 그려진 [둥근 방La Salle Ronde]이었어요. 코린트식 기둥 사이로 금박을 입힌 문이 복도 너머를 향해 열려 있고, 제복을 입은 하인들이 테이블 뒤에서 시중을 들고 있어요. 테이블에 앉아 깊은 대화를 나누는 신사들이 이 그림의 주인공들이죠. 가발 뒷부분을 리본으로 묶은 그 신사들은 몸을 앞으로 숙이면서 재치 있는 말을 나누고, 볼테르가 최근 펴낸 백과사전이나 그의 계몽주의에 귀를 기울이고 있는 것처럼 보여요. 그들이 입은 벨벳 옷들은 더없이 고급스럽고, 테이블에는 포도주와 크리스털 잔이 놓여 있지요.

멘첼의 그림은 칼에게 교양 넘치는 대화, 우아한 예절과 화려한 의상의 조화로움, 지적 호기심으로 가득한 세계를 보여 주었어요. 유복하지만, 소박하고 검소한 독일식 환경에서 자라난 어린 소년은 그림을 보고 18세기의 화려한 삶에 눈뜨게 되었지요. 그의 주변 사

아돌프 폰 멘첼의 [둥근 방]

람과 환경은 멘첼의 그림 속 모습보다 너무 멋없고, 딱딱하며 지루했어요. 칼은 현실에서 마음의 문을 닫고 꿈의 세계에 빠져들어 버렸죠.

10살이 된 칼은 독일의 소공국인 팔라틴 공주로 태어나 19살에 프랑스 루이 14세의 동생에게 시집간 리젤로트 공주의 서간집을 서재에서 발견했어요. 당시 프랑스 왕실과 독일 귀족의 생활상을 생생하게 보여 준 이 책은 출간되자 많은 독일인의 사랑을 받았죠. 칼은 책을 읽으면서 18세기 귀족들의 우아한 말투와 악센트에 홀딱 반해 버렸어요. 생생하게 묘사된 궁정의 예법이며 의상들도 칼의 마음을 사로잡았고요.

"친애하는 어마마마, 소인의 점심 식탁에 오를 메뉴를 미리 알려 주시는 영광을 베푸실 기회를 드리겠나이다."

"소인은 아직 잠자리에 들 시간이 아니 되었사옵나이다. 밤의 아름다움을 희롱할 시간을 제게 허락하실 수는 없으신지요?"

한동안 18세기 독일 귀족들의 악센트와 우아한 말투를 흉내 내는 것이 칼의 습관이 되었고, 어머니는 칼의 말투를 다시 20세기 독일의 중산층 말투로 돌려놓기 위해 애를 써야 했어요.

"나는 내가 잘못된 시대에 태어났다고 생각했어요. 내 부모님의 젊은 시절을 말씀하실 때면 그 시대가 부러웠어요. 전쟁 전, 시간을 거슬러 올라간 옛날에 내가 태어났다면 얼마나 좋았을까 생각하곤 했죠."

1986년 칼 라거펠트는 인터뷰 도중 18세기 귀족 사회에 대한 동경이 얼마나 컸는지 털어놓았어요.

피할 수 없는 전쟁의 공포와 상처

아버지의 예측대로 함부르크는 연합군의 집중 포격을 면할 수 없었어요. 바드 브람슈테트는 비교적 조용하고 평온한 듯 보였지만, 사실 어디서도 나치 독일의 압제와 전쟁의 현실에서 벗어날 수는 없었죠. 어린 칼은 아침에 학교에 갈 때 연합군 비행기가 머리 위로 날아다니는 것을 보고 무서움에 몸을 떨었어요. 수업 중에도 사이렌이 울리면 다시 집으로 돌아가야 했지요. 전쟁이 끝날 무렵 마지막 3개월 동안은 연합군 비행기가 낮게 날아다니며, 움직이는 건 뭐든, 소든 사람이든 가리지 않고 쏘아 댔거든요.

식량도 극도로 부족해졌어요. 농부들도 군대에 징집되거나 다쳐서 제대로 농사지을 수 없었고, 가까스로 수확한 곡식은 나라에서 군대용 식량으로 뺏어갔어요. 풍요롭게 살던 라거펠트 가족도 직접 채소를 키우고 식량을 저장하기는 마찬가지였지만, 그나마 돈이 있어서 다른 사람보다는 나은 편이었어요. 아버지가 근무하던 공장이 적국인 미국의 재산이라 해서 나라에 몰수되었지만, 공정을 바꾸어 연유 대신 버터와 탈지유를 만들게 되었고, 다행히 아버지는 공장 책임자 자리를 유지할 수 있었거든요.

패션을 사랑하는 외톨이

1943년 7월 후반, 연합군은 함부르크를 중요 공격 목표로 잡고 대규모 집중 폭격을 했어요. 집을 잃은 함부르크 시민은 기차를 타거나 걸어서 바드 브람슈테트로 피난을 오기 시작했어요. 1939년에 3천3백 명이었던 바드 브람슈테트의 인구는 1945년이 되자 7천 명으로 늘어나게 되었어요.

1945년 5월, 전쟁이 끝나자 영국군이 바드 브람슈테트를 접수했습니다. 그들은 칼의 집 헛간을 담요와 텐트를 보급하는 네트워크 사무실로 썼고, 집안에 들어와 가족에게 총을 겨누며 총과 카메라, 쌍안경을 빼앗았어요. 영국군은 사흘의 말미를 줄 테니 집을 비우라고 요구했고, 졸지에 집을 빼앗긴 칼과 가족은 1년 동안 집 옆 외양간에 임시로 방을 만들고 살아야 했어요. 그 1년은 유복하게 살았던 라거펠트 가족에게 엄청나게 고달픈 시간이었을 거예요. 여느 독일 사람처럼 그들도 먹을 것이 모자라서 배를 곯아 가며 좁고 더러운 곳에서 불행을 견뎌 내야 했으니까요.

영국군과 미군 등 연합국 점령군들은 나치 독일에 적극 협조한 사람을 적발하고 처벌했어요. 칼의 아버지는 스웨덴 국적을 가지고 있었기 때문에 그 혼란 속에서도 빼앗긴 재산을 빠른 시간 안에 되찾을 수 있었어요.

칼은 함부르크로 옮겨 간 후 초상화가가 되고 싶어 예술 학교에 진학했지만, 교장으로부터 '오로지 옷에만 관심 있는 아이'라는 말을 들었어요.

어머니는 실망하는 칼에게 이렇게 말씀하셨죠.

"애야, 함부르크는 세계로 향해 열린 문이란다. 하지만 문은 밖으로 나설 때 비로소 의미가 있는 거지. 언젠가 우리는 더 넓은 세상으로 나가게 될 거야."

칼은 생각했어요. '과연 내가 바라는 것은 무엇인가? 초상화보다는 드레스를 그리는 일이 더 재미있어. 그래, 나는 패션 디자이너가 될 거야. 세계적인 패션 디자이너로 성공하려면, 당연히 파리로 가야겠지?'

칼은 가능한 한 빨리 독일을 벗어나 꿈의 도시 파리로 가고 싶었어요. 그래서 매일 3시간씩 프랑스어를 배우기 시작했답니다.

파리가 세계 패션의 수도가 된 이유는?

파리가 세계 패션의 수도라는 점은 여러분도 잘 아시죠? 파리가 세계 패션계에서 으뜸가는 도시로 꼽히게 된 이유를 알아보려면 17세기 후반, 루이 14세 시대로 거슬러 올라가야 해요. '짐은 국가다.'라는 유명한 말을 남긴 루이 14세는 베르사유 궁전을 짓고 화려한 궁정 문화를 꽃피웠어요. 자연히 그의 궁전으로 아름다운 옷을 차려입은 귀부인들이 몰릴 수밖에요.

루이 14세 이전에 유럽 패션을 이끈 나라들은 이탈리아, 독일, 스페인, 네덜란드였는데 파리의 재단사들은 이들 나라의 재단사들보다 앞서고 싶어 꾀를 내었어요. '판도라pandora'라고 불리는 인형에 멋진 드레스를 입혀서 유럽의 여러 도시로 보내 파리 패션의 독특한 아름다움을 알렸던 거예요. 요즘으로 치면 패션쇼라고나 할까요? 덕분에 파리에서 만든 옷들이 패턴이나 스타일에서 다른 나라 재단사의 옷들보다 뛰어나다는 입소문이 나게 되었지요.

18세기에 들어서면 스타일화가 그려진 '패션 플레이트'가 유행해요. 패션 잡지나 브로슈어의 18세기 버전이라고 해야겠죠? 로코코 양식이 화려하게 꽃피면서 파리는 이제 유럽 귀부인들이

마리 앙투아네트의 화려한 드레스

동경하는 패션 도시로 자리 잡았어요. 루이 16세의 왕비 마리 앙투아네트는 당시 유럽 패션계를 대표하는 '슈퍼모델'이었는데, 마리 앙투아네트의 전속 재단사는 패션 디자인의 창시자로 유명한 로즈 베르탱이었어요.

1789년 7월 14일 발발한 프랑스 대혁명을 거치면서 화려한 궁정 문화가 사라지자 파리 패션계의 명성이 사라지는 듯 보였지만, 나폴레옹이 등장하면서 황후 조제핀의 아름다운 드레스와 함께 되살아나요. 루이 이폴리트 르로아라는 재단사가 나폴레옹 궁정에서 명성을 얻게 되자 그가 만든 옷을 입고 싶어 하는 유럽 귀부인들이 줄을 이었다고 전해져요.

이 시기에 파리 패션을 이끌던 또 한 명의 중요한 인물로 찰스 프레데릭 워스가 있었어요. 영국 태생인 그는 1855년 파리 만국박람회에서 궁정복 디자인상을 받은 후 유행을 이끄는 독보적인 존재로 군림했어요. 그는 유럽 각국의 왕실에 의상을 선보이기 위해 최초로 컬렉션을 발표하면서 오트 쿠튀르를 개척한 사람으로 기억되고 있죠. 처음에는 왕실과 귀부인들의 자택에서 선보이던 컬렉션이 쿠튀리에들의 살롱에서 열리게 되었고, 워스를 위시하여 랑방, 두세, 샤넬, 비오네, 치아파렐리 등 쿠튀리에들이 19세기 말 20세기 초에 차례로 오트 쿠튀르 하우스를 세웠어요.

하지만 귀족 중심의 화려한 맞춤복 위주로 운영되던 파리 오트 쿠튀르 패션계는 20세기 들어 두 번의 세계 대전을 겪으면서, 큰 타격을 받았어요. 주 고객이었던 왕족과 귀족들이 몰락했으니까요. 대부분의 오트 쿠튀르 하우스가 문을 닫으면서 파리 오트 쿠튀르 패션계는 이제 역사의 뒤안길로 사라지는 듯 보였어요. 하지만 1947년 12월, 크리스티앙 디오르가 자신의 첫 컬렉션에서 뉴룩을 발표하면서 다시 세계의 패션 수도로서의 위상을 되찾게 되었답니다.

패션을 사랑하는 외톨이

가자 파리로, 패션의 수도 파리로!

지금도 세계 패션의 중심 도시라고 하면 파리를 으뜸으로 꼽는 사람이 대부분이지만, 이미 오래전부터 파리는 세계 패션의 수도로서 패션의 흐름을 이끌어온 도시였어요. 그중에서도 칼이 가고 싶어 했던 학교는 파리의상조합학교Ecole de la Chambre Syndicale de la Couture Parisienne였죠.

1868년 결성된 파리의상조합Chambre Syndicale de la Couture Parisienne은 파리 패션계의 명성을 이어가는 힘의 원천이었어요. 엄격한 규정을 정하고 소수의 디자이너들만 회원으로 가입시켰죠. 1927년, 파리의상조합이 젊은 디자이너를 양성하기 위해 세운 학교가 파리의상조합학교였고, 세계 최고의 패션 디자이너가 되고 싶은 학생이라면 누구든 그 학교에 가기를 원했어요. 말하자면 '꿈의 패션 학교'였답니다.

1952년, 19살이 된 칼도 드디어 함부르크를 떠나 파리로 갔어요. 그곳에는 칼처럼 야심만만하고 재능이 넘치는 수십 명의 어린 학생들이 꿈을 키우고 있었어요.

파리의상조합학교는 '기술을 예술로 승화시키는 곳'이라는 평가를 들을 정도로 철저하게 오트 쿠튀르haute couture 하이 패션의 기법을 전수하는 학교였어요. 커리큘럼 중에서 학교가 가장 신경 써서 가르치는 기법은 입체 재단이었죠. 평평한 종이나 천에 자를 대고 옷본을 그리는 평면 재단과 달리, 입체 재단은 보디인체 모형에 직접 얇은 천을 대고 모양을 잘라 내서 옷본으로 만드는 기법이에요. 실제로 드레스를 입었을 때 몸에 꼭 맞게 하는 기술이죠.

"칼, 파리의상조합학교는 마음에 드니?"

"물론이죠. 여기서는 온종일 아름다운 옷만 생각하고, 내가 그린 옷을 실제로 만드는 방법을 배워요. 공부가 너무 재미있어요."

독일에선 늘 학교에 다니는 것도, 친구들과 어울리는 것도 싫어하던 칼은 파리로 오자 물을 만난 고기처럼 신 나게 패션 공부에 몰입했어요. 역사에 관한 관심은 자연스레 패션 역사로까지 넓어졌어요. 한번 보면 그대로 기억하는 놀라운 칼의 재능도 한몫했지요.

어느새, 그는 연대만 말하면 그 시대 의상의 특징을 줄줄 읊어 대는 경지에 올랐어요. 예를 들자면 '1710년 독일'이라는 키워드를 주면 유행하던 색깔부터 옷깃의 스타일이며 실루엣까지 단숨에 말할 정도였죠.

오트 쿠튀르의 역사와 대표적인 쿠튀리에couturier 재단사들의 작품이 발표된 시기까지 훤히 꿰뚫고 있는 칼은 친구들 사이에서 '걸어 다니는 백과사전'이란 별명으로 불릴 정도로 유명한 학생이 되었어요. 스케치만 보여 주면 누가 언제 발표한 작품인지, 디자이너와 연대까지 척척 대답하는 칼은 친구들 사이에 놀라운 존재로 떠올랐답니다.

칼 뿐만 아니라 이브 생 로랑, 앙드레 쿠레주, 장 폴 고티에, 이세이 미야케 등 수많은 톱 디자이너들도 이 학교 출신이었죠. 파리의 상종합학교는 지금도 세계 최고 수준의 패션 학교로, 우리나라 유학생들도 많아요.

빛나는 데뷔,
하지만 꿈꾼 곳이 아니야!

1954년, 파리에 온 지 2년 만에 칼은 모든 사람이 주목하는 디자인 콘테스트인 IWS Prize에서 우승을 차지했어요. 누구나 부러워하는 멋진 데뷔를 하고, 그가 꿈꾸던 파리 오트 쿠튀르 하우스에서 디자이너로서의 첫걸음을 내디뎠죠. 하지만 콘테스트에서 공동 우승을 차지했던 이브 생 로랑이 오트 쿠튀르의 황태자로 승승장구하는 사이, 그는 무명의 시기를 보냈어요. 점차 자신이 꿈꾸던 곳이 여기라는 확신이 사라지고 회의감에 빠져들었어요. 모두 부러워하는 곳, 하지만 혁신적인 디자인 대신 나이 든 귀부인을 상대하는 오트 쿠튀르에는 그의 미래가 없었어요. 그는 용감한 선택을 했어요. 스스로 메이저리그를 떠나 마이너리그로 내려가기로, 그리고 그곳에서 다시 시작하기로.

멋진 데뷔, 그리고 영원한 라이벌
이브 생 로랑과의 만남

"IWS Prize에 너도 참가할 거지?"

"IWS Prize가 뭔데?"

"국제양모사무국International Wool Secretariat에서 여는 디자인 콘테스트 말이야. 디자이너 지망생들을 대상으로 디자인을 공모하나 봐."

"우승 상금이 얼만지 알아? 33만 프랑이래!"

"상금만 큰 줄 알아? 우승하면 오트 쿠튀르 하우스에서 옷을 만들어서 모델한테 입혀 시상식 때 여러 사람 앞에서 발표할 기회를 준대."

　1954년 봄, 칼은 물론이고 파리의상조합학교 학생들의 가슴을 들뜨게 달군 사건이 생겼어요. 1950년대 들어 나일론과 폴리에스터 같은 합성 섬유가 개발되어 전 세계적으로 인기를 끌게 되자 '이러다 나일론에 밀려서 양모가 안 팔리는 거 아닐까?' 하고 양모업자들은 위기의식을 갖게 되었어요. 양모를 주로 많이 사용하는 오트 쿠튀르 업계도 전쟁의 후유증에서 벗어나지 못하고 휘청거리는 상태였어요. '어떻게 하면 양모를 널리 사용하도록 할 수 있을까?' 하는 국제양모사무국의 고민은 '어떻게 하면 침체한 분위기를 걷어 내고 파리 패션계에 활력을 불어넣을 수 있을까?' 하는 오트 쿠튀르 업계의 고민과 만나 국제양모사무국 콘테스트IWS Prize를 낳게 되었어요.

IWS Prize에서 코트 부분 우승을 차지한 칼의 작품

국제양모사무국은 우승 상금으로 거금 33만 프랑을 내걸었고, 우승자의 디자인은 오트 쿠튀르 하우스_{고급 양장점}에서 옷으로 제작해서 모델에게 입혀 무대에서 선보일 기회를 주기로 했어요. 자신의 디자인으로 오트 쿠튀르에서 옷을 제작한다는 게 이름 없는 디자이너 지망생에게 얼마나 큰 영광인지! 게다가 오트 쿠튀르를 대표하는 디자이너 위베르 드 지방시와 피에르 발망이 심사위원을 맡으니, 거장들의 눈도장을 찍는 확실한 기회이기도 하고요. 눈에 띄면 바로 오트 쿠튀르 하우스에서 일할 기회를 잡게 될 것이 분명하잖아요.

칼은 친구의 말을 듣고 바로 스케치를 시작했어요. 칼뿐만 아니라 파리의상조합학교 학생들 모두 IWS Prize 우승을 꿈꾸었어요. 디자인 콘테스트에 제출된 스케치만도 6천 장이 넘었어요. 요즘 오디션 프로그램에 몰리는 스타 지망생들의 열기에 견주어도 절대 뒤지지 않을 정도로 높은 관심을 모은 사건이었죠.

1954년 12월, 드디어 IWS Prize 시상식이 열리던 날, 파리 패션계 사람들 앞에 노란 수선화 색의 우아하고 단순한 코트를 입은 모델이 걸어 나왔어요. 그리고 코트 부문 우승자 칼 라거펠트가 모습을 드러냈어요.

독일식 억양이 섞여 있지만 유창한 프랑스어로 소감을 말하는 칼 라거펠트의 모습은 패션계 사람에게 깊은 인상을 남겼어요. 그들의 삶을 송두리째 흔들었던 전쟁이 끝난 지 채 10년도 되지 않은 때였으니, 프랑스어를 잘하는 독일인이 파리로 와서 최고의 신인 디자이너로 뽑혔다는 사실이 놀라울 따름이었죠.

드레스 부문에서는 이브 생 로랑이, 슈트_{상하의를 같은 천으로 만든 한 벌의 정} 부문에선 콜레트 브라치가 우승을 차지했어요. 시상식 사진을 보면, 칼 라거펠트와 이브 생 로랑 두 사람은 공교롭게도 거의 똑같은 옷을 입고 있었어요. 검은 슈트에 하얀 셔츠, 그리고 검은 넥타이를 맨 21살의 칼과 18살의 이브는 옷차림만 비슷한 게 아니었어요. 칼은 독일 함부르크에서, 이브는 프랑스 식민지였던 북아프리카의 알제리에서 온 젊은이였어요. 둘 다 최고의 디자이너로 성공하려는 야망을 가지고 '세계 패션의 수도'로 왔어요. 칼은 파리의상조합학교에 다니고 있었고, 이브는 콘테스트 우승 이후 파리의상조합학교에 들어가게 되었어요.

두 사람 다 어려서부터 아름다운 옷들을 스케치하는 걸 좋아했고, 유복한 가정의 외동아들이란 점도 닮은꼴이었죠. 아버지들은 성공한 사업가였고, 아내와 아이들을 끔찍하게 사랑하는 사람이었죠. 어머니들은 패션에 일가견이 있는 멋쟁이였고, 아들의 재능을 알아보고 격려를 아끼지 않았고요. 이렇게 공통점이 많은 두 사람은 자연스레 친구가 되었어요. 칼은 이브의 섬세한 감수성에, 이브는 칼의 엄청난 지적 호기심에 매료되었고, 둘은 매일 파리 시내를 쏘다니며 우정을 쌓아 갔어요.

패션을 사랑하는 외톨이

피에르 발만 하우스

슈트 부문의 우승을 차지한 콜레트 브라치는 금세 잊혔지만, 칼과 이브는 오트 쿠튀르 하우스에 스카우트되었어요. 칼은 디자인 콘테스트의 심사위원이었던 발만의 조수로 발탁되었고, 이브는 디오르 밑에서 일을 하게 되었죠.

재미있는 사실은, 칼과 이브를 데려간 발만과 디오르도 1940년대에 뤼시엥 를롱이라는 디자이너 밑에서 함께 일하던 동료였다는 점이에요. 두 사람은 함께 독립해서 같이 패션 하우스오트 쿠튀르 하우스에서 좀 더 확장된 패션 회사의 개념. 디자이너의 이름을 넣어 ○○하우스로 부른다를 차릴 준비를 하고 있었는데, 일이 여의치 않아서 각자의 길을 가기로 했어요. 발만은 1945년, 디오르는 1946년에 각각 뤼시엥 를롱 하우스를 떠나서 자신들의 패션 하우스를 차리게 되었지요.

1947년, 디오르는 첫 번째 컬렉션에서 '뉴룩New Look'을 선보였어요. 가느다란 허리선과 종아리까지 내려오는 풍성한 치마를 통해 여성의 몸매를 모래시계처럼 보이게 만든 그의 '뉴룩'은 엄청난 성공을 거두어요. 제2차 세계대전을 거치면서 잃어버렸던 여성의 아름다움을 되찾게 하였다는 극찬을 들었어요. 디오르는 샤넬의 뒤를 이어 패션 역사에서 가장 유명한 실루엣을 만들어낸 거예요. 그는 파리뿐만 아니라 미국에까지 명성을 날리며 오트 쿠튀르의 왕으로 군림했어요.

발만도 디오르와 마찬가지로 우아한 여성적 아름다움을 추구하는 디자이너였어요. 그도 유럽 사교계에서 충성도 높은 단골들을 거느린 오트 쿠튀르의 거장이었지만 디오르가 누린 일인자의 위치를 차지하지는 못했어요.

칼과 이브도 발만과 디오르가 걸었던 길을 걷는 듯 보였어요. 이브는 디오르처럼 데뷔하자마자 놀라운 성공을 거두었고, 칼은 디오르의 명성에 가려진 발만처럼 큰 주목을 받지 못했으니까요.

"사실 내가 피에르 발만을 선택한 건 아니었어요. 그가 나를 선택했죠. 난 그때 어렸기 때문에 오트 쿠튀르 업계에 대해 아는 게 그리 많지 않았어요. 그래서 패션에 대해 좀 더 많이 배우고 싶어 학교를 그만두고 그의 제안을 받아들였죠. 스케치와 재단, 봉제의 기본에서부터 액세서리의 선택법에 이르기까지 오트 쿠튀르의 기술을 충분히 배운 다음 저는 그곳을 떠났어요. 처음 발만 밑에서 조수로 있었던 시절은 너무 끔찍했어요. 차라리 학교로 돌아가 공부를 마치는 게 낫겠다 싶을 정도로 근무 조건이 열악하고 월급도 형편없었어요. 요즘 기준에 따르자면 아마 불법이라고 제재를 받았을 걸요. 분위기는 또 얼마나 고압적이고 야비한지! 월급이 쥐꼬리만큼 적고 근무 환경이 나쁜 건 그래도 참겠는데, 끊임없이 자존심이 상할 말만 골라서 퍼붓고 못살게 구는 건 견디기 어려웠어요. 그때는 자기보다 지위가 낮은 사람에게 야비하게 대해야 자기 권위가 선다고 믿는 풍토였어요. 그나마 나는 집이 부유한 편이라 월급에

패션을 사랑하는 외톨이

여성의 몸을 모래시계처럼 보이게 해, 곡선을 강조한 크리스티앙 디오르의 '뉴룩'

연연하지 않아도 된다는 점이 다행이었어요."

오트 쿠튀르의 세계에 발을 디딘 처음 몇 년 동안 칼과 이브는 자주 어울려 다녔어요. 몽테뉴 가에는 오트 쿠튀르에서 조수로 일하는 젊은이들이 모여 이야기를 나누고 춤을 추는 아지트가 있었지요. 그곳에 가면 그들과 커피를 마시는 칼을 매일 만날 수 있었죠. 밤마다 칼은 이브와 함께 저녁을 먹고 파리 시내를 드라이브하곤 했답니다.

이브는 디오르 하우스에서 빅토와르라는 모델과 친구가 되었고 빅토와르는 곧 칼하고도 친해져서 셋은 늘 함께 어울려 다녔어요. 디오르 하우스에서 조수로 일하던 안느마리 푸파르도 칼과 이브의 그룹에 들어왔죠. 안느마리는 패션계에서 성공을 꿈꾸는 세 명의 야심만만한 친구들 사이에서 균형을 잡아 주는 역할을 했어요.

"그땐 정말 철이 없어서 노는 것만 좋아했어요. 매일 친구들과 어울려 시간가는 줄 모르고 밤을 지샌 후 이야기하고, 아침이면 바로 디자인 사무실로 출근하곤 했으니까요."

아무도 자신을 이해해 주지 않는 또래들 사이에서 외톨이로 유년 시절을 보낸 칼로서는 마음에 맞는 친구들과 어울려 함께 다니는 게 너무 신 나고 재미있었을 거예요.

둘 다 엄청난 야망과 재능으로 똘똘 뭉친 새내기 디자이너였지만, 세상은 이브를 먼저 알아보았어요. 1957년, 52세의 아까운 나이에 디오르가 심장마비로 세상을 떠난 게 디자이너로 출발한 지 얼마 되지 않는 두 젊은이의 앞날을 크게 바꾸어 놓았어요. 디오르는 패션계에서 가브리엘 코코 샤넬을 잇는 최고의 디자이너로 군림하고 있었어요. 사람은 누가 디오르의 후임이 될지 궁금해 했어요.

곧 디오르 하우스 디자인을 맡을 4명의 크리에이티브 팀이 발표되었어요. 크리스티앙 디오르가 패션 하우스를 오픈할 때부터 같이 참여한 노련한 3명의 디자이너와 함께 팀원이 된 사람은 이브였어요. 당시 오트 쿠튀르는 50대를 넘긴 노련한 디자이너들이 이끌어가던 때였는데 21살짜리 젊은이가 디오르 하우스를 총괄 지휘하게 된다니, 사람들은 깜짝 놀라고 말았죠. 호리호리한 몸매에 뿔테 안경을 쓰고 섬세한 분위기를 지닌 이브는 세계에서 제일 크고 유명한 패션 하우스를 이끄는 수석 디자이너라기보다 이제 막 예술가의 길을 걷기 시작한 새내기 같이 보였거든요.

후계자로서 이브에게 주어진 첫 번째 미션은 1958년 봄 컬렉션을 디자인하는 것이었죠. 디자이너들은 그가 그린 수천 장의 스케치 중에서 컬렉션에 선보일 2백 개의 디자인을 골라내느라 혼이 빠질 지경이었어요. 함께 수석 디자이너로 임명된 세 명의 디자이너들은 20대 초반의 발랄한 디자인을 디오르 하우스의 분위기에 맞게 누그러뜨리는 작업에 온 힘을 쏟느라 자신들의 디자인을 아예 내놓지도 못했어요.

1958년 1월 30일, 이브가 선보인 첫 컬렉션은 커다란 반향을 불러일으켰어요. 가슴은 꽉 끼지만 허리선은 무시하고 무릎까지 헐

렁하게 흘러내리는 '트라페즈' 라인은 성숙하고 섹시한 옷을 기대했던 수많은 고객과 기자에게 엄청난 충격을 던졌어요.

"나는 이보다 더 훌륭한 디오르 컬렉션을 본 적이 없어요. 모든 사람이 다 울었어요."

〈뉴욕 헤럴드〉기자 유지니아 셰퍼드는 이브의 천재성이 세상에 인정받는 순간을 이렇게 기록했고 아무도 그가 디오르의 진정한 후계자라는 사실을 의심하지 않게 되었어요.

1959년, 이브는 그를 세계 최고의 디자이너로 만드는 데 일생을 걸기로 결심한 피에르 베르제를 만났어요. 그러나 칼과 피에르는 사이가 좋지 않았고, 때문에 가장 가까운 친구였던 칼과 이브는 이 무렵부터 서서히 멀어지게 되었어요.

1960년 9월 1일 이브는 징집 영장을 받았어요. 프랑스 식민지였던 그의 고향 알제리 사람이 독립전쟁을 벌였고 프랑스인 이브는 알제리 독립군과 싸워야 할 처지가 되었어요. 하지만 이브는 너무 여린 사람이라, 신경쇠약에 걸려 2개월 반 동안 정신병원 신세를 진 끝에 전쟁터에는 가 보지도 못 한채 제대했고 그때부터 우울증에 시달리기 시작했어요.

이브가 군대에 간 사이, 디오르 하우스는 마르크 보앙을 새로운 수석 디자이너로 뽑았어요. 이브가 언제 돌아올 수 있을지 아무도 알지 못했으니까요.

졸지에 디오르의 후계자라는 빛나는 자리에서 쫓겨난 이브는 피에르 베르제와 함께 1961년 12월 4일, 자신의 이름을 건 패션 하우스를 차렸고, 겨우 20대 중반에 톱 디자이너 대열에 끼게 되었어요. 그가 선보인 컬렉션들은 늘 '첫 번째 바지', '첫 번째 시스루룩', '첫 번째 스모킹', '첫 번째 사하라 여인' 등등 '첫'이라는 수식어를 달고 다니며 눈부신 성공을 거두었어요. 이브가 오트 쿠튀르의 새로운 황태자가 된 거예요.

파리 패션계의 메이저리그와 마이너리그, 오트 쿠튀르 vs 프레타 포르테

오트 쿠튀르haute couture는 '고급의'라는 뜻인 오트haute와 '여성복' 혹은 '여성복 재봉'이란 뜻을 지닌 쿠튀르couture를 연결해서 만든 프랑스어예요. 영어로는 하이 패션high fashion, 우리나라 말로 직역하자면 '고급 재봉'이란 뜻인데, 상류 사회 여성들을 위한 고급 여성 맞춤복 혹은 맞춤복 제작을 말해요. 오트 쿠튀르를 만들고 파는 곳을 오트 쿠튀르 메종, 혹은 오트 쿠튀르 하우스라고 불러요.

오트 쿠튀르를 처음 만든 사람은 나폴레옹 3세 왕비 으제니의 전속 드레스 제작자였던 찰스 프레데릭 워스였어요. 1868년부터 워스는 계절에 앞서 새로운 창작 의상을 미리 발표했는데, 이 신작 모드 발표회를 파리 컬렉션이라고 불렀어요. 그의 컬렉션은 전 유럽 사교계의 유행을 결정지었지요.

오트 쿠튀르는 유럽 왕실과 귀족, 미국 등 신세계의 대부호, 다시 말해 세계 1%의 부자 멋쟁이를 위한 고급 맞춤복이에요. 입체 재단을 비롯한 모든 과정을 일일이 숙련된 장인의 손으로 만들고, 최고급 소재를 이용하며 여러 번의 피팅을 거쳐서 완성하기 때문에 제작 기간도 엄청나게 길어요.

샤넬의 경우를 예로 들자면 슈트 한 벌에 최소 200시간, 데이드레스는 150시간, 이브닝드레스는 250시간, 웨딩드레스는 800시간 이상 들여서 만든다고 해요. 자수가 복잡한 디자인인 경우, 1500시간 이상 드는 옷들도 있어요.

최고의 장인이 여러 날 동안 정성들여 만들다 보니, 가격도 엄청나게 비싸서 아무나 입을 수 없는 옷이기도 해요. 왕족이나 귀족계급의 상류층 여성들이 특별한 행사를 위해 입는데, 한 벌의 옷을 여러 번 입는 것은 위신이 떨어지는 일이라 해서 딱 한 번밖에 입을 수 없었다고 하네요. 그야말로 사치의 대명사라고 부를 수 있을 거예요.

그런데 두 차례의 세계대전을 겪으면서 유럽 왕족과 귀족 등 오트 쿠튀르의 주요 고객들이 사라져 쇠퇴의 길을 걷게 되었어요. 제2차 세계대전 이후 크리스티앙 디오르가 '뉴룩'을 선보이면서 오트 쿠튀르는 다시 살아난 듯 보였지만, 1980년대 이후로 프레타 포르테, 즉 기성복에 패션의 주도권을 넘기게 되었어요.

프레타 포르테pret-a-porter는 직역하자면 '바로 입을 수 있는'이라는 뜻의 프랑스어로, 맞추면 오래 기다려야 입을 수 있는 오트 쿠튀르와 달리 매장에서 바로 사서 입을 수 있는 기성복을 말해요.

디자인과 원단은 고급스럽지만, 가격은 좀 더 싼 옷을 원하는 중산층이 늘어나면서 1960년대부터 프레타 포르테가 주목을 받기 시작하죠. 오트 쿠튀르에서 일하던 '쿠튀리에'들도 하나 둘 프레타 포르테 시장에 참여하게 되었고, 1980년대 이후 지금까지 오트 쿠튀르 대신 프레타 포르테가 세계 패션의 유행을 선도하게 되었어요.

오트 쿠튀르 대표적인 디자이너 피에르 발만

하지만 1960, 70년대까지만 해도 오트 쿠튀르와 프레타 포르테는 엄격하게 구분되어 있어요. 디자이너의 명칭도 달랐어요.

오트 쿠튀르에서 옷을 만드는 디자이너는 '재봉사'라는 의미를 지닌 프랑스어 '쿠튀리에couturier'라고 부르죠. 우리나라에선 디자이너 밑에서 옷을 바느질하는 사람을 재봉사라고 부르지만, 프랑스에선 쿠튀리에라는 단어에 옷을 만드는 장인 중에서도 최고의 장인이라는 존경의 의미를 담고 있어요.

이에 비해, 프레타 포르테의 디자이너는 '스타일리스트styliste'라고 불렀어요. 옷을 직접 손으로 제작하는 장인이 아니라, 공장에서 대량 생산하는 옷의 스타일만 담당한다는 의미에서 출발한 명칭이에요. 쿠튀리에와 스타일리스트는 명칭만 다른 게 아니었어요. 스타일리스트들은 쿠튀리에가 지닌 특권이나 존경을 기대할 수 없었어요. 프레타 포르테의 옷들은 오트 쿠튀르의 위대한 창작품을 초라하게 카피한 모조품 정도로만 생각되었고, 무명의 디자이너라고 은근히 얕보는 뉘앙스가 담겨 있었죠.

파투 하우스 디자이너, 칼

1958년, 칼은 4년 동안 조수로 일했던 피에르 발만 하우스를 떠나 파투 하우스로 자리를 옮겼어요. 장 파투Jean Patou는 제1차 세계 대전 이후 샤넬의 가장 강력한 라이벌로 꼽히던 오트 쿠튀르의 거장이었어요. 단순하고 깔끔한 라인에 기하학적인 모티프로 악센트를 준 그의 디자인은 실용적이면서도 화려한 특징을 지니고 있었죠. 처음으로 미국인 모델을 파리에 데려와 '활동하는 현대 여성, 뉴 우먼'의 이미지를 패션에 도입했고, 스포츠웨어를 유행시켰어요. 1930년대 들어 비전과 영향력이 샤넬에 버금갈 정도로 전성기를 누렸지만 1936년 49세의 아까운 나이로 세상을 떠났어요.

파투 하우스를 물려받은 사람은 여동생 마들렌 파투의 남편 레이몬드 바바스였어요. 파투 하우스는 1950년대에 접어들면서 '최고'라는 명성을 잃어버린 채, 미국 남부 상류층에게 인기를 끄는 중간급 패션 하우스로 평가받고 있었어요.

파투 하우스에서 칼은 수석 디자이너로서 1년에 두 번씩 5년 동안 오트 쿠튀르 컬렉션을 발표했어요. 1958년 여름 파투 하우스에서 처음 선보인 컬렉션에서 칼은 'K실루엣'을 선보였어요. 앞은 똑바로 떨어지지만, 뒤는 허리선이 잘록하게 들어가고 스커트는 길고 풍성해서 옆에서 보면 K라인이 만들어지는 실루엣이었어요. 하지만 기자들이 야유를 보냈다는 기사가 나올 정도로 반응이 신통치

칼 라거펠트, 변화가 두려울 게 뭐야

않았어요.

"25살 새내기 디자이너 칼은 지난해의 헐렁한 스타일과 전혀 다른 형태를 강조한 컬렉션을 선보였다. 검정 미니 칵테일 드레스는 앞부분이 너무 넓게 파여서 여기자들까지 놀라게 만들었다."고 〈UPI통신〉은 혹평했어요.

하지만 1959년 봄 컬렉션에선 기자들로부터 큰 박수와 수차례의 환호성을 끌어냈고, "그의 드레스는 절제된 우아함과 매력을 지니고 있다."는 호평을 받았어요. 1960년 봄 시즌에는 파리 오트 쿠튀르 컬렉션을 통틀어 가장 길이가 짧은 스커트를 선보였는데, 패션계는 그의 혁신적인 아이디어를 받아들이려 하지 않았죠. 너무 젊은 사람을 위한 디자인이라, 오트 쿠튀르가 추구하는 우아함과 맞지 않는다고요. 하지만 칼은 1960년 가을 컬렉션에선 뺨에 매달린 팬케이크 모양의 모자를 선보이는 등 대담한 디자인을 계속 선보였어요. 칼의 컬렉션들은 차츰 좋은 반응을 끌어내기는 했지만, 그렇다고 세상을 깜짝 놀라게 할 정도는 아니었죠.

내가 가야할 길

이 무렵 칼의 마음은 크게 흔들리고 있었어요. 파리로 와서 오트 쿠튀르의 세계에 입성하면 오랜 기간 품어 온 꿈이 이루어질 것 같았는데, 막상 오트 쿠튀르 하우스에 들어오고 보니 이곳도 낡고 딱

젊은 시절 칼 라거펠트

딱한 관습들이 지배하는 세상이었어요. '새로운 변화를 받아들이기를 거부하는 이곳이 과연 내 꿈의 세계인가?' 하는 의문이 칼을 잡고 놓아 주지 않았어요.

칼은 훗날 이 시기를 돌아보며 이렇게 말했어요.

"나는 오트 쿠튀르가 슬슬 지겨워지기 시작했어요. 그래서 파투 하우스를 그만두고 학교로 돌아가려고 했는데, 일이 잘 풀리지 않았어요. 그래서 2년 동안 주로 바닷가에서 시간을 보냈어요. 그때 나는 일광욕, 보디빌딩을 좋아하는 꼬맹이였고, 말하자면 인생에 대해 배우고 있었던 것 같아요."

그는 문화예술계 인사들이 즐겨 찾는 카페와 수영장에 자주 모습을 드러냈어요. 칼은 사람을 관찰하는 것을 좋아했지만 동시에 사람의 시선을 끄는 것도 매우 즐겼어요. 높은 굽의 구두와 올인원 수영복같이 유별난 옷차림은 어디서든 사람의 시선을 끌었어요.

"그는 정말 외계인 같았어요. 검은 곱슬머리에 매력적으로 그을린 피부가 많은 사람 사이에서 돋보였어요."

그 무렵 수영장에서 자주 그를 보았다는 사람은 칼의 요란스런 옷차림에 대해 또렷하게 기억하고 있었어요.

카페와 바닷가와 수영장에서 '놀고 지냈다'고 말했지만 이 기간에 칼은 그가 열정적으로 관심을 두게 된 주제들, 역사와 건축, 음악, 그리고 특히 18세기 프랑스 문학에 대해 깊이 있게 공부했어요. 어렸을 적 책벌레 칼의 모습이 다시 튀어나온 것 같았어요.

패션을 사랑하는 외톨이

"그는 스케치하는 걸 좋아하고, 열심히 공부하는 것도 좋아했죠. 늘 책을 획획 넘기면서 자신이 관심을 두는 주제에 열정적으로 빠져들었어요. 그의 머리는 모델과 패션쇼에 관한 위대한 아이디어로 가득 차 있었어요."

이 무렵 함께 어울리던 친구 안느마리는 칼이 책과 잡지를 손에서 놓지 않았다고 회상했어요.

칼은 앞으로 가야 할 길에 대해 깊이 고민했어요. '나는 패션 디자이너라는 직업이 좋아. 머릿속에 반짝 떠오르는 아이디어를 스케치로 풀어내는 시간이 제일 행복하니까. 하지만 여기선 내 아이디어를 맘껏 풀어낼 수가 없어. 젊고 발랄한 디자인은 받아들여지지 않지. 그저 중년 부인들을 위한 노티 나고 비슷비슷한 디자인만 반복하라고 해. 좀 더 자유롭게, 좀 더 젊은 사람을 위해 신선하고 멋진 옷을 만들 수는 없을까?' 고민을 거듭하던 칼은 마침내 중요한 결정을 내렸어요.

오트 쿠튀르를 떠나다

1962년 칼은 조용히 파투 하우스를 떠났어요. 오트 쿠튀르의 세계를 떠나 프레타 포르테 세계로 들어가기로 한 거예요. 칼이 프리랜서 디자이너의 길을 걷기 시작한 1960년대 초반만 해도 상류 사회의 귀부인들을 주 고객으로 하는 오트 쿠튀르 하우스가 디자이너들이 동경하는 메이저리그였다면, 중산층을 위한 프레타 포르테 시장은 디자인이나 질이 형편없는 마이너리그였어요. 시장규모도 비교할 수 없을 만큼 초라했고요.

그래서 그의 선택은 당시의 패션계 분위기와 그가 받은 교육에 비추어 볼 때 대단히 용감한 결정이었어요. 엄청난 경쟁을 뚫고 디자인 콘테스트에서 우승을 차지한 후 오트 쿠튀르의 세계에 입성했고, 좋은 평을 듣는 디자이너로 비교적 평탄하게 경력을 쌓아가고 있었는데 말이죠. 칼의 행보를 사람들은 이해할 수 없었고 그를 '파리 패션계의 이단아'라고 부르기 시작했어요.

"칼 얘기 들었어? 파투 하우스에서 떠난 후에 프리랜서 디자이너가 되었대."

"오트 쿠튀르 일은 아예 하지 않겠다고 했다면서?"

"이탈리아랑 독일 기성복 시장을 기웃거린다던데."

"제정신이야? 오트 쿠튀르랑 기성복을 감히 비교나 할 수 있겠어? 기성복 디자인을 할 거면 아예 패션계를 떠나는 게 낫겠다."

"쿠튀리에가 스타일리스트로 변신하다니, 오트 쿠튀르 디자이너 망신은 칼이 다 시키는군!"

칼은 왜 이런 결정을 하게 된 것일까요? 파리의상조합학교 시절부터 칼과 친구였던 페르난도 산체스는 칼이 패션계의 흐름을 미리 읽었기 때문이라고 생각했어요. 지금까지 상류 사회를 위한 오트 쿠튀르가 패션의 중심이었다면, 앞으로는 중산층과 대중을 위한 프레타 포르테로 옮겨 가게 될 거라고 판단한 거죠.

"칼은 매우 똑똑한 사람이었고, 시대의 흐름을 정확하게 읽었어요. 그는 안정적인 직장보다는 자기 자신의 일을 하기를 원했어요. 시대에 뒤떨어진, 낡은 오트 쿠튀르 하우스에 다시 들어가고 싶지 않다고 했어요."

만약 칼이 평범한 사람이었다면 안전한 길인 오트 쿠튀르 하우스를 떠나지 못했을 거예요. 하지만 칼은 아무도 앞날을 예측하지 못하는 프레타 포르테의 좁고 힘겨운 길을 개척하는 쪽을 선택했답니다.

마이너리그에서
멘토를 만나다

칼은 끌로에의 창업자 가비 아기옹에게서 세련되고 심플하게 디자인을 다듬는 내공을 전수받았고, 치열한 경쟁 끝에 수석 디자이너로 발탁되었어요. 그가 만든 블라우스와 스커트는 재클린 케네디, 브리지트 바르도, 마리아 칼라스 같이 세계적인 유명 인사들이 다투어 입는 옷이 되었죠. 그런가 하면 이탈리아 브랜드 펜디는 칼을 만나 모피의 역사를 새롭게 쓰게 되었어요. 사치품이지만, 무겁고 투박한 모피를 가볍고 패셔너블한 소재로 바꾼 칼의 테크닉은 환상적이었어요. 끌로에와 펜디를 비롯해 수많은 브랜드에서 열정적으로 일하는 칼을 보고 사람들은 놀라움을 금치 못했죠. 한 명의 디자이너가 개성이 다른 브랜드들을 위해 다양한 디자인을 내놓을 수 있다는 걸 상상하기 어려운 시기였으니까요.

패션을 사랑하는 외톨이

걱정 마, 패션과 향수로 성공할 거야

프리랜서 스타일리스트로 갑자기 인생 행로를 바꾸고 나니, 자신만만한 칼도 불안했었나 봐요. 디오르도 자주 들러서 유명해진 점술가를 자주 찾아갔어요.

"제 앞날은 어떨까요?"

"걱정하지 마시게, 젊은이. 자네는 패션과 향수로 성공할 거야."

칼은 그녀의 예언을 들으며 새로운 힘을 내곤 했어요.

프리랜서 스타일리스트로 활동하기 시작하면서, 칼은 여느 스타일리스트와 달리 자신의 튀는 이미지를 통해 사람에게 깊은 인상을 심어 주었어요. 그의 외모와 문화적 소양, 집안 배경은 그를 더없이 독특하고 멋있게 보이게 하는 후광 역할을 했죠. 온통 하얀색으로 꾸민 그의 모던한 아파트도 앞서가는 취향을 보여 주는 증거가 되었어요. 패션계 사람은 모이면 칼 이야기를 나누기 시작했어요.

"칼이 엄청난 부잣집 아들이라면서?"

"아버지가 독일에서도 아주 유명한 사업가래."

"그런데 왜 저렇게 일을 열심히 하지? 일하지 않아도 먹고 사는 건 걱정 없을 텐데."

"내가 칼만큼 풍족하면 일하지 않고 여행이나 사냥하러 다니며 즐겁게 살 거야."

"일하는 걸 저렇게 즐기는 사람은 본 적이 없어. 칼은 디자인 작업이 정말 좋은가 봐."

칼은 일하지 않고도 부족함 없이 살 수 있지만 일을 너무 사랑하기 때문에 그 누구보다 더 열정적으로 일하는, 재능 있고 성실한 디자이너란 평판을 얻었어요. 패션계에선 누구나 부러워할 대단한 이미지를 쌓기 시작한 거예요.

칼은 마리오 발렌티노, 레페토, 슈퍼마켓 체인인 모노프리 등 프랑스, 이탈리아, 영국, 독일의 여러 브랜드를 위해 스타일리스트로 일하기 시작했어요. 그는 옷뿐만 아니라 구두, 가방, 머리핀, 펜, 테이블까지도 디자인했어요. 아버지로부터 지원을 받아 파리에 조그만 가게를 내기도 했죠.

칼은 1963년부터 '티지아니Tiziani'라는 이탈리안 패션 하우스를 위해 디자인 작업을 시작했어요. 바로 그 해 설립된 티지아니는 쿠튀르 하우스로 출발했지만 '티지아니-로마-메이드 인 잉글랜드'라는 프레타 포르테 라인도 런칭했어요.

칼은 티지아니의 창립자이자 디자이너인 에반 리처드와 함께 디자인 스케치 작업을 진행했는데, 옷이 90벌 정도 작업되었을 때 첫 번째 컬렉션을 열었어요. 당시 최고의 인기를 누린 영화배우 엘리자베스 테일러가 티지아니의 열렬한 단골이 되었고, 이탈리아의 대표 여배우 지나 롤로브리지다, 에너지 재벌 상속녀 도리스 듀크도 칼이 디자인한 티지아니의 옷을 좋아했지요.

패션을 사랑하는 외톨이

인생의 멘토를 만나다

1964년, 우아하면서도 단순한 스타일로 파리 프레타 포르테 시장의 선두 주자로 달리고 있던 '끌로에Chloé'의 스튜디오로 한 젊은이가 찾아왔어요. 그는 끌로에를 운영하던 가비 아기옹Gaby Aghion에게 여러 장의 스케치를 보여 주며 이곳에서 일하고 싶다고 말했어요.

그녀는 그가 건넨 여러 장의 스케치들을 들춰 보다 멋진 베이지색 드레스에 눈부신 노란색 타이즈를 매치시킨 그림에 한참이나 눈길을 주었어요. 후일, 가비는 이 젊은이를 두고 이렇게 말했어요.

"당시만 해도 타이즈를 외출용으로 입는 사람은 없었어요. 게다가 색깔 배합이 너무 멋있었어요. 난 이 젊은이가 일종의 토털룩total look을 시도하고 있다는 걸 알았죠. 그는 시대를 앞서 갔던 거에요."

모자, 블라우스, 양말, 신발 등 액세서리를 의상과 맞추어 통일된 느낌을 주는 토털룩은 1970년대 후반, 그러니까 그가 이 스케치를 보여 준 후 10여 년이 흐른 후에 비로소 유행하게 될 콘셉트였어요. 요즘 흔히 '깔 맞춤'이라고 하는 컬러 코디네이션도 토털룩의 한 예지요.

가비는 스케치가 마음에 들었어요. 그 젊은이의 이름은 칼 라거펠트였어요. 가비가 보기에 칼은 재능이 뛰어나지만, 취향이 너무 무겁고 고전적이라 어떻게 할까 잠시 망설이고 있었어요. 하지만 가비의 남편이자 공동 운영자인 자끄 르노아르Jacques Lenoir는 칼과

칼 라거펠트, 변화가 두려울 게 뭐야

몇 마디 얘기를 나누어 보고는 칼이 똑똑하다면서 얼른 채용하라고 권했어요.

칼이 끌로에에 합류할 무렵, 이미 여러 명의 프리랜서 스타일리스트들이 끌로에의 디자인에 참여하고 있었어요. 가비는 그들의 디자인 작업을 감독하고 지휘했어요. 그리고 오트 쿠튀르처럼 1년에 두 번씩 프레타 포르테 컬렉션을 열었죠. 칼은 끌로에에서 한 시즌 당 2벌의 디자인을 맡기로 하고 탄 기우디첼리, 크리스찬 베일리, 막심 드 라 팔레즈 등 젊고 재능 있는 프리랜서 디자이너들과 함께 작업을 시작했어요. 오트 쿠튀르에 당당히 입성했던 10년 전 모습에 비하면 초라한 출발이었죠.

끌로에 스튜디오에는 방이 2개 있었어요. 하나는 회사 경영을 위한 사무실이었고, 나머지 하나는 젊고 야심만만한 디자이너들이 화려한 원단들 사이에 뒤엉켜 일하는 작업실이었어요. 시즌마다 디자이너들은 서바이벌 게임을 벌였어요.

"재킷이 이번 컬렉션의 흐름이랑 맞지 않아. 어깨선을 좀 더 다듬을 수 없나? 피팅도 다시 해야 할 것 같아. 완성도가 떨어지네."

"스커트 길이도 너무 길잖아, 좀 짧게 정리하는 게 낫지 않겠어?"

"블라우스는 꽃무늬 패턴이 낫겠어."

개성 강한 디자이너들이 서로의 튀거나 부족한 부분을 지적하며 누구의 디자인이 더 뛰어난지 우열을 가리는 치열한 경쟁 과정을 통해 다음 컬렉션에 내보낼 디자인이 다듬어졌어요. 승리자는? 물론 칼이었죠. 처음엔 2개, 다음엔 6개, 10개……. 칼이 컬렉션에서 선보일 디자인의 개수를 늘려 가는 사이, 다른 디자이너들은 경쟁에서 밀려나 하나 둘 끌로에를 떠났어요. 1966년 결국 칼은 끌로에의 수석 디자이너로 임명되었어요.

가비는 디자이너들이 떠난 이유에 대해 이렇게 설명했어요.

"칼은 매우 똑똑한 디자이너였고, 난 그와 일하는 게 좋았어요. 결국 가장 뛰어난 디자이너인 칼이 나머지 디자이너들을 쫓아낸 셈이죠."

가비 아기옹

칼은 매일 오후 2시가 되면 끌로에 스튜디오에 가서 가비와 함께 디자인 작업을 했어요. 칼보다 15살 위인 가비는 아직 자신의 개성을 세련되게 다듬지 못한 칼에게 강력한 멘토가 되어 주었어요. 그들은 사제지간의 끈끈한 관계를 유지했지요.

"내가 함께 일했던 스타일리스트 중에서 똑똑한 사람은 칼밖에 없었어요. 우리는 완벽한 조화를 이루었죠."

오트 쿠튀르를 벗어난 지 얼마 되지 않아서인지 칼의 디자인엔 아직 무겁고 장식적인 요소가 많이 남아 있었어요. 가비는 칼이 그린 스케치를 보면서, 주렁주렁 달린 레이스나 러플을 떼어 버리고 날렵하게 실루엣을 정리해서 세련된 취향을 드러내는 법을 가르쳐 주었어요. 칼의 아이디어를 간결하게 만들고, 엄청나게 많은 스케치 중에서 가장 좋은 디자인을 골라낼 수 있도록 가르친 사람도 바로 가비였어요.

"'우리 이번 시즌 원피스는 어떻게 디자인할까?' 내가 질문을 던지면 칼은 하루나 이틀 뒤 디자인 스케치를 한 뭉치나 들고 나타났어요. 그러면 내가 스케치들을 하나하나 살펴보고, 그런 나를 칼이 지켜보았지요."

가비는 패셔너블하면서도 잘 팔릴 옷을 골라내는 안목과 직감이 뛰어난 사람이었어요.

"나는 패션은 샐러드처럼 늘 신선해야 한다고 말하곤 했죠. 칼이 그려 온 스케치 중에서 어떤 건 오른쪽에 두고 나머지 것들은 파일에 넣었어요. 칼은 탈락한 스케치들을 찢어 버리고 싶어 했지만 '기다려, 찢어 버리지 마. 지금 당장 필요한 건 아니지만, 언젠가는 참고할 만한 아이디어가 숨어 있어.' 하고 그를 말리곤 했어요."

칼은 가비의 가르침을 끈기 있게 잘 새겨듣고, 주의 깊게 관찰하며, 열심히 일하는 훌륭한 '제자'였어요. 무엇보다 그의 작업량은 엄청났어요. 가비는 칼이 끌로에를 떠난 후 다른 디자이너들에게서 스케치를 쥐어짜 내면서 칼이 얼마나 많이, 그리고 꾸준하게 작업을 해 냈는지 비로소 알게 되었다고 실토했어요.

"새로 온 디자이너들한테 디자인 10개를 그려오라고 지시한 후에, 그들이 스케치를 가져올 때까지 기다리려면 목이 빠질 판이었

패션을 사랑하는 외톨이

어요. 그에 비해 칼은 아이디어와 스케치와 이야기와 에너지가 물릴 정도로 넘쳐났어요."

엄청난 작업량과 함께 칼의 디자인은 '잘 팔린다'는 장점을 지니고 있었어요. 프랑스판《보그》편집장이었던 프랑신느 크레상은 칼이 디자인한 옷들이 항상 잘 팔렸다고 말했어요.

"그는 비즈니스에 대해 예리한 센스를 지니고 있어요. 그의 컬렉션은 흠잡을 데가 없고 놀라울 정도로 상업적이었죠. 그렇다고 '상업적'이란 말이 나쁜 의미는 아니에요. 칼이 디자인한 옷은 예뻤고 황홀했어요. 그는 가비 아기옹과 함께 위대한 팀을 이루었죠."

칼과 가비는 늘 저녁 7시까지 함께 일했어요. 퇴근할 때 칼은 가비의 차를 타고 가면서 새로 나온 옷감, 여자들이 원하는 것들, 바지는 언제까지 인기를 끌지 등등 온갖 패션에 관한 내용들에 대해 수다를 떨곤 했어요. 그녀가 집에 도착해서 칼을 내려주면, 칼은 다시 파리를 가로질러 자신의 집까지 걸어오곤 했어요. 칼의 집은 끌로에 스튜디오를 사이에 두고 가비의 집과는 정반대 방향에 있었지만, 가비와 함께 대화를 나누는 게 너무 즐겁고 배우는 게 많았기 때문에 가비의 차를 타고 함께 퇴근한 거예요.

"칼은 놀라운 사람이었어요. 차를 타고 가다 흥미롭게 옷을 입은 학생들을 보면 그는 그 아이디어를 가져와서 특별히 아름다운 디자인으로 변형시키곤 했어요. 그는 눈앞에 보이는 사소한 아이디어를 패션에 옮겨놓는 탁월한 예술 감각을 지니고 있었죠."

디자이너와 브랜드가 함께 성공을 맛보다

칼이 끌로에의 수석 디자이너로 일하는 동안 끌로에는 패션 리더들의 눈길을 끌고 유행을 주도하는 톱 브랜드로 부상했어요. 얇고 가벼운 블라우스와 롱스커트는 우아하고 고급스러우면서도 여성적이고 세련된 감각을 지니고 있었어요. 오트 쿠튀르의 VIP 고객인 재클린 케네디, 브리지트 바르도, 마리아 칼라스, 그레이스 켈리 등 유명 인사들도 일상생활에서는 끌로에의 옷을 즐겨 입었어요.

칼이 디자인한 1973년 끌로에 스프링 컬렉션은 '하이 패션이면서 동시에 첨단 유행을 제공하는 대단한 옷들'이라는 찬사를 받았어요. 느슨한 스펜서 재킷기장이 짧은 재킷과 프린트가 돋보이는 실크 셔츠 재킷이 인기를 끌었죠. 칼은 발목까지 오는 길이의 주름 잡힌 실크로 된 '서프라이즈 스커트'도 선보여 커다란 화제를 모았는데, 롱스커트처럼 보이는 그 옷은 실제로는 팬츠였어요.

1974년에는 로맨틱한 빅 드레스를, 1975년에는 복고풍의 베르제르룩을 발표했고, 1978년에는 실크 크레이프crepe 바탕이 오글오글한 직물로 만든 19세기 풍 드레스를 히트시키면서 칼은 끌로에를 명실공히 프레타 포르테 최고의 브랜드로 올려놓았어요.

서정적인 아르데코art déco 1910~30년대에 걸쳐 프랑스 파리를 중심으로 번창한 장식 양식. 현대 도시 생활에 알맞은 실용적이고 단순한 디자인이 특징풍의 프린트를 도입하고, 레이스를 재발견하고, 안감을 없애는 등 칼이 제안한 독창적인 디자인

1973년 끌로에에서 칼이 디자인한 우아한 곡선미를 보여 주는 실크소재 의상

에 열광하는 고객들이 많아지면서, 칼은 단순히 고용된 디자이너의 위치를 넘어서 끌로에에 없어서는 안 될 존재로 부각되었어요. 칼은 끌로에를 위해서만 디자인 작업을 한다고 계약했지만, 실제로는 프리랜서 계약을 무수히 맺어 나갔어요. 가비와 르노아르는 이 사실을 알면서도 눈감아 주었죠. 그토록 열성적이고 창의적인 동시에 상업적 감각이 뛰어난 디자이너를 둔 것에 감지덕지하고 있었거든요.

"끌로에에 발을 디딘 첫날부터 칼은 프레타 포르테 시장의 범위가 매우 넓고, 다양성을 추구한다는 점을 이해했어요. 처음에는 뚱한 친구인 줄 알았는데, 성공을 거듭하면서 신경질적인 면이 가라앉고 점차 쾌활해졌어요."

그를 고용했던 르노아르는 칼의 성격이 유머러스하고 밝아서 좋았다고 말했어요.

크리에이터 붐을 일으킨 칼

칼은 끌로에와 함께 성장하고 성공을 거머쥠으로써 프레타 포르테를 통해서도 패션 디자이너가 성공할 수 있다는 사실을 증명했어요. 그가 개척한 길은 파리 패션계에서 '크리에이터creéateurs' 붐을 일으키는 계기를 만들었어요. '크리에이터'란 오트 쿠튀르와 상관없이 자신의 이름을 걸고 프레타 포르테 라인을 런칭한 젊은 신진 디자이너를 일컫는 말이었지요. 소니아 리키엘, 도로테 비스, 엠마누엘 칸이 대표적인 예지요.

칼도 그들처럼 자기 이름을 걸고 패션 하우스를 만들 수 있었을 거예요. 크리에이터 붐이 한창이던 1960년대 후반이면 그의 나이는 30대였고, 혼자 일할 수 있을 정도로 커리어도 훌륭한 데다 테크닉과 경험도 풍부했으니까요. 하지만 그는 자신의 이름을 건 패션 하우스를 만들지 않았어요. 대신 늘 다른 사람의 패션 하우스, 다른 사람의 브랜드, 다른 사람의 아이덴티티로 옷을 만들었죠.

아마도 자신의 이름을 건 패션 하우스를 운영하느라 경영에 목을 매기보다는 주체할 수 없을 정도로 샘솟는 아이디어를 가장 잘 어울리는 브랜드에 나누어 주고, 자신의 개성을 여러 개로 쪼개서 다양하게 발전시키는 게 낫다고 생각한 것 같아요. 한 명의 디자이너가 여러 브랜드의 디자인을 동시에 작업한다는 게 이제는 당연하지만 1960년대엔 꿈도 못 꿀 이야기였어요. 이 역시 프레타 포르테 시장과 더불어 칼이 개척한 새로운 길이었어요. 그 길에 대해 좀 더 자세히 알아볼까요?

칼은 끌로에에서 디자이너로 활동하면서 동시에 티지아니를 비롯해서 다양한 브랜드의 일을 계속했어요. 1969년 티지아니를 그만둔 후 이듬해에는 이탈리아 오트 쿠튀르 패션 하우스인 '쿠리엘 Curiel'의 디자인도 잠시 맡았어요. 쿠리엘에서 선보인 그의 첫 번째 컬렉션은 '1930년대 은막의 여왕을 주제로 한 우아한 드레이프 드레스가 인상적이었다'는 평을 받았죠. 발목까지 오는 검은 벨벳 망토 아래 검은 벨벳 반바지를 매치한 디자인도 눈길을 끌었어요. 쿠리엘을 그만둔 후에는 무대 의상으로 디자인 영역을 넓혔어요. 그는 루카 론코나 유르겐 플림 같은 쟁쟁한 연출가들을 위해 밀라노의 라 스칼라, 플로렌스 오페라 하우스, 비엔나 궁정 극장, 잘츠부르크 축제, 몬테-카를로 발레 공연 의상을 디자인했어요.

하지만 끌로에와 더불어 칼 라거펠트의 명성을 다지는 데 가장 이바지 한 브랜드는 펜디였어요. 오랜 기간 수석 디자이너로 일하면서 칼은 펜디 로고를 만들고, 모피를 패션 소재로 들여왔으며, 모피를 다루는 기법도 비약적으로 업그레이드시켰어요. 물론, 상업적으로도 큰 성공을 거두었지요.

모피를 패션 아이템으로

1925년 에두아르도 펜디와 아델 펜디 부부가 로마 데플레비치토 거리에 모피와 핸드백을 파는 작은 가게를 열면서 펜디의 역사가 시작되었어요. 제1차 세계대전 이후 신흥 부자들은 자신들의 부를 과시하기 위해 모피를 즐겨 입었고, 펜디에서 모피 사는 걸 특권처럼 생각했어요. 1930년대와 40년대에 유명세를 타면서 가게를 번창하게 한 펜디 부부는 1946년 다섯 딸에게 가업을 물려줬어요.

다섯 자매가 가죽과 모피 신상품을 다양하게 선보이면서, 펜디의 명성은 로마를 넘어 유럽 전체로 퍼져 나갔어요. 여성들의 사회 진출이 늘어나고 라이프스타일이 바뀌는 것을 본 다섯 자매는 펜디도 그 흐름을 따라잡아야 한다고 생각했어요. 그때까지 모피는 '보석처럼 값비싼 사치품이지만 무겁고 둔해서 멋과는 거리가 멀다.'고 생각하는 사람이 많았어요. 그래서 처음으로 시도한 변화가 바로 유능한 패션 디자이너를 영입하는 것이었죠. 자매들은 머리를 맞대고 이 문제를 놓고 의논했어요.

"우리도 이제는 실력 있는 디자이너를 영입해서 펜디를 패션 하우스로 키워야 해."

"그래, 모피코트랑 핸드백만 가지고 영원히 가게를 끌어갈 수는 없어. 모피도 패셔너블하다는 걸 보여 줘야 해. 본격적으로 디자인에 신경을 써야 할 시점이야."

"언니, 요즘 뜨는 디자이너 중에선 칼 라거펠트가 가장 유능하다고 들었어."

"아, 독일에서 온 디자이너? 자기 발로 오트 쿠튀르를 박차고 나온 괴짜?"

"칼이 끌로에에서 일하면서부터 끌로에가 많이 달라졌어. 유명 인사들도 많이 몰리고."

"칼은 다른 브랜드 작업도 많이 한다던데."

"재클린 케네디도, 엘리자베스 테일러도 그 사람 팬이라면서?"

"우리, 이렇게 말만 할 게 아니라 파리로 가서 칼을 만나 보자."

1965년, 다섯 자매는 파리로 날아가 칼을 만났어요. 그리고 칼을 수석 디자이너로 영입했죠. 칼은 어떻게 하면 모피를 사치품이 아닌, 실제로 즐겨 입을 수 있는 패션 아이템으로 만들 수 있을지 곰곰이 생각했어요. '따뜻하고 럭셔리하지만 편안하게 입기에는 너무 무겁군. 좀 더 부드럽고 가볍게 만들어야 해. 너무 두꺼우니까 맵시가 안 나. 그 점도 개선해야겠어.'

그때까지 모피는 털 아래 가죽이 매우 두껍고, 무거웠어요. 칼은 가죽의 안쪽 부분을 최대한 얇게 벗겨 내고 약품 처리를 해서 무게와 두께를 줄이는 데 성공했어요. 칼은 모피를 얇고 길게 잘라서 주름을 넣거나 사선으로 재단하기도 하고, 구멍을 내거나 안과 밖을 뒤집기도 하는 등 디자인에 혁신을 불어넣었어요. 그는 가볍고 부드러워서 입기 편하며, 동시에 패셔너블한 모피를 만들어 내는 데 온 힘을 기울였어요.

철저한 연구와 거듭된 실험, 섬세한 재단 기술 등을 통해 칼은 모피의 새롭고 다양한 매력을 보여 주는 데 성공했어요. 염색한 모피, 재단하지 않고 그대로 사용한 모피, 안감을 대지 않은 모피, 쭈글거리는 느낌이 나는 모피 등등 칼이 디자인한 펜디 옷들은 내놓기 무섭게 팔려 나갔어요. 다섯 자매들이 기대한 이상으로 성공을 거두면서, 칼은 모피 가공 작업의 새로운 분야를 개척하고 모피를 패션에 본격 도입한 디자이너로 꼽히게 되었어요.

칼은 코트뿐만 아니라 스포츠웨어에도 모피를 사용했어요. 요즘

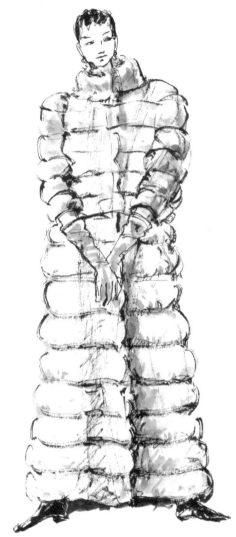

모피의 부담스러운 이미지를 벗어나 세련되고 가벼운 이미지를 만들어 낸
1969년 펜디의 모피 컬렉션 의상

은 모피를 캐주얼한 점퍼나 재킷에도 사용하지만 당시 사람은 숄이나 코트에만 사용하는 거라고 생각했지요. 그래서 칼이 다양한 옷에 모피를 사용하는 것을 두고 이러쿵저러쿵 입방아도 많이 찧었답니다. 하지만 칼은 고정 관념에서 자유로운 사람이었고, 부와 권위의 상징이었던 모피에 일상복 같은 자유과 가벼움, 세련된 이미지를 부여하는 데 성공했어요. 그의 시도가 열렬한 호응을 받으면서 모피는 코트뿐만 아니라 다양한 옷에 쓰이는 패션 소재 중 하나로 자리 잡게 되었지요.

1966년, 칼은 펜디의 상징인 '더블F' 로고도 만들었어요. F가 맞물린 로고는 'Fun Fur'의 약자였는데, 로마의 우아하고 귀족적인 멋에 경쾌하고 젊은 감각을 불어넣은 칼의 시도를 상징했죠.

1969년 모피 프레타 포르테 컬렉션을 시작하면서 펜디는 전 공정을 수작업으로 제작한 모피 제품을 선보였어요. 가죽 제품의 디자인도 대대적으로 업그레이드했어요. 가죽에 무늬를 프린트하거나 꼬고, 염색과 태닝을 시도하기도 했어요. 이런 과정을 거쳐 우아함과 실용성, 혁신과 스타일을 모두 겸비한 핸드백이 탄생했죠.

모피와 가방의 성공에 힘입어서 펜디는 1977년 여성복 프레타 포르테 라인을 출시하고, 1984년에는 넥타이, 선글라스 등 액세서리 컬렉션까지 추가해서 세계적인 토털 패션 브랜드로 승승장구를 거듭하고 있어요. 물론, 펜디의 디자인은 칼이 계속 이끌어가고 있답니다.

패션을 사랑하는 외톨이

어제의 패션 보다
내일의 패션이
더 중요해

점점 커져가는
프레타 포르테 시장

1970년대 초반, 프랑스에서 낡은 세계가 저물고 새로운 세계가 열리고 있었어요. 드골 대통령이 하야 후 세상을 떠났고, 가브리엘 코코 샤넬과 파블로 피카소도 잇따라 세상을 떠났어요. 기성세대의 권위에 대항해서 68혁명을 이끌었던 새로운 세대는 자신들을 표현하고 삶의 변화를 이끌어내는 수단으로 패션을 선택했어요. 젊은 세대가 힘을 얻으면서 패션의 중심은 오트 쿠튀르에서 프레타 포르테로 옮겨 갔어요. 파리 패션계의 이단아에서 세계 패션의 중심으로 급부상하는 프레타 포르테의 원년 멤버로, 칼의 위상과 영향력은 커졌어요. 이제 칼은 먼 길을 돌아 세계적인 패션 디자이너로 주목받기 시작한 거예요.

베이비붐 세대의 등장과 오트 쿠튀르의 쇠퇴

1960년대 말, 프랑스 사회는 큰 변화를 겪고 있었어요. 1950년대와 60년대는 미국과 소련이 팽팽하게 대립하는 냉전 시대였어요. 냉전 시대가 지속되면서 획일적인 분위기가 서구 사회를 지배하고 있었죠. 당시 프랑스를 이끌던 지도자는 제2차 세계대전 당시 프랑스를 구원한 영웅이자 전후 프랑스의 부흥에 앞장선 샤를 드골이었는데, 장기 집권을 하는 동안 그는 어느새 권위적이고 관료적인 대통령이 되어 버렸어요.

제2차 세계대전 이후 태어나 경제 번영과 자유를 만끽하며 자라난 베이비붐 세대들은 드골 대통령을 비롯하여 부모 세대들에 반감을 품고, 1968년 대규모 학생 운동을 벌였어요. 대학생들의 시위에 노동자들까지 가세해 프랑스 전역에서 4백만 명이 총파업과 시위에 나섰어요. 기성세대의 질서에 항거해서 정치, 사회, 문화 전반에 걸쳐 남녀평등, 여성 해방, 반전 운동, 히피 문화 등을 퍼트린 이 사건을 68혁명이라 부르는데, 프랑스 대혁명과 비교하는 사람도 있을 정도로 파급 효과가 큰 사건이었죠. 68혁명은 미국, 일본, 독일 등 다른 나라로까지 퍼져 나갔어요. 결국, 1969년 4월 국민 투표에서 패배한 드골은 대통령직에서 물러났어요.

이러한 사회적 격변과 맞물리면서 파리 패션계도 한 시대가 저물고 있었어요. 그 첫 번째 신호는 1968년 5월 크리스토발 발렌시아가_{Cristobal Valenciaga}의 은퇴에서 시작되었어요. 발렌시아가는 디오르와 함께 제2차 세계대전 이후 1950년대 파리 오트 쿠튀르의 부흥기를 이끈 쿠튀리에였어요. 스페인 출신인 발렌시아가는 1937년부터 파리에서 컬렉션을 개최했는데, 까다롭기로 유명한 최상류층 베스트 드레서 고객들도 그의 우아하고 완벽한 옷만큼은 100% 만족했다고 해요. 디오르보다 대중적 명성은 떨어지지만, 동료로부터 완벽주의자, 쿠튀리에의 스승, 패션의 미래를 창조하는 혁신가로 존경받았죠.

하지만 1960년대 베이비붐 세대가 이끄는 청년 문화가 힘을 얻으면서 오트 쿠튀르는 유행 창조의 중심이라는 권위를 점차 잃어 갔어요. 젊은 세대들이 보기에 오트 쿠튀르는 여전히 50년대의 향수에 젖어 생동하는 시대상과 유행을 반영하지 못하는 엄마나 할머니 세대의 낡고 비싼 옷 같았거든요. 최고의 쿠튀리에라는 자존심을 내세워 자신의 스타일을 고집했던 발렌시아가는 "내 옷을 입을 사람이 없다."고 한탄하며 깊은 한숨을 쉬었고, 1968년 봄 컬렉션 발표를 끝으로 은퇴를 선언했어요. 그의 은퇴와 더불어 파리, 마드리드, 바르셀로나, 산 세바스찬에 있던 발렌시아가 하우스가 모두 문을 닫았어요.

〈이브닝 스탠다드〉의 기자 샘 화이트는 "발렌시아가의 은퇴와 함께 패션은 이제 완벽히 달라질 것이다."라고 전망했어요. 프레타포르테의 규모가 커지면서 설 자리가 좁아진 다른 소규모 오트 쿠튀르 하우스 주인들의 사정도 발렌시아가와 다를 바가 없었어요. 1966년부터 1967년까지 1년 동안에 파리 오트 쿠튀르 하우스의 숫자는 39개에서 17개로 줄어들었답니다.

1971년 1월에는 샤넬이 88세의 나이로 세상을 떠났어요. 샤넬은 20세기 초반부터 50년 동안 여성들이 옷 입는 방식을 완전히 바꾸어 놓은 디자이너였어요. 또, 자신이 만든 옷뿐만 아니라 디자이너 자신도 하나의 신화이자 자산이 될 수 있다는 것을 보여 준 사람이었죠. 파리 오트 쿠튀르를 상징하는 존재였던 샤넬은 새로 준비하던 오트 쿠튀르 쇼 직전 세상을 떠났어요. 발렌시아가의 은퇴 이후 쇠락해 가던 오트 쿠튀르에 불어 닥친 또 하나의 충격이었죠.

그해 12월, 파리 사교계의 여왕 마리-엘렌 드 로스차일드는 프랑스 소설가 마르셀 프루스트의 탄생 100주년 기념 무도회를 개최했어요. 엘리자베스 테일러와 리차드 버튼, 제인 버킨, 앤디 워홀 등 최고의 유명 인사들이 오트 쿠튀르 드레스를 입고 참석했어요. 그 모습은 오트 쿠튀르가 아직 전성기를 누리고 있다고 항변하는 것 같았지만, 프랑스에서 대규모 무도회가 열린 건 이 날이 마지막이었어요.

지나간 시절의 영광을 기리는 파티가 끝나고 나니 오트 쿠튀르의 몰락은 모든 사람의 눈에 너무도 명백하게 드러났답니다.

입을 수 있는 옷이 패션쇼에 등장하다

1970년대 초반의 파리 패션계는 더없이 창조적이고 즐거운 시절을 맞이했어요. 20세기 초 아방가르드 예술가들이 그랬던 것처럼, 아무런 제약 없이 기존 관념을 깨뜨리고 자유롭게 옷을 만들고 입는 패션의 시대가 열린 거예요. 그 폭발적인 창조력과 새로운 발견은 규범을 준수하는 오트 쿠튀르가 아니라 프레타 포르테로부터 나왔어요. 패션계의 주도권이 오트 쿠튀르에서 프레타 포르테로 넘어가기 시작한 거예요.

패션계는 젊음과 끊임없는 리뉴얼, 아름다움, 이 세 가지에 초점을 맞추었어요.

디자이너들이 만든 옷들은 모두 다 새롭고 선구적이었어요. 그들의 컬렉션은 엄청난 관심을 끌기 시작했어요. 예를 들어 컬렉션에 5백 명을 초청하면 2천 명이 몰려드는 정도였지요. 문학과 예술에 대해 논하던 사람이 어느새 옷에 관해서만 이야기하기 시작했고, 스타일을 추구하는 과정에서 마치 예술 작품을 탄생시키듯 스릴과 흥분을 즐기기 시작했어요.

옷을 입는 즐거움을 발견하는 데는 모델들도 한몫했어요. 모델들은 한 벌로 완성되는 오트 쿠튀르 드레스를 입을 때와 달리 스커트와 블라우스, 팬츠, 재킷, 액세서리를 여러 가지 방법으로 코디네이트 해서 입기 시작했어요. 모델들은 가난했고, 원하는 옷들을 다 살 수 없었거든요. 그래서 옷을 멋있게 입는 방법을 부자들보다 더 열심히 연구했고, 코디네이트 실력이 쑥쑥 늘 수밖에 없었어요. 디자이너들은 모델들이 여러 아이템을 하나씩 조립해 새로운 룩으로 만드는 방식에 크게 영향을 받았어요.

패션 저널리스트 팻 매콜은 당시 패션쇼를 보면서 느낀 즐거움을 다음과 같이 말했어요.

"오트 쿠튀르 쇼를 볼 때, 아름답기는 하지만 질질 끌리는 무도회 드레스는 내 일상생활과 어울리지 않는다고 생각했어요. 드레스를 입고 취재하러 돌아다닐 수는 없잖아요? 하지만 오늘 런웨이에 나온 트위드 팬츠와 블루종blouson 재킷과 점퍼가 결합된 웃옷으로 점퍼풍의 상의이라면 나도 입을 수 있겠네요."

이 놀라운 변화는 1969년, 클로에 사무실로 두 명의 젊은 미국인이 칼을 찾아오면서 시작되었어요. 패션 일러스트레이터 안토니오 로페즈Antonio Ropez와 아트 디렉터 후안 라모스Juan Ramos는 뉴욕에서 이미 유명한 패션 관련 종사자였지만, 물질적 성공보다는 패션이 불러일으키는 소용돌이 속에서 살고 싶어 세계의 패션 수도 파리로 건너온 참이었죠. 칼은 그들이 뉴욕에서 가져온 새롭고, 가볍고 자유로운 분위기에 빠져들었어요. 고상하고 우아하고 단정하지만 지나치게 격식을 차린 그때까지의 파리 패션과 너무 달랐거든요.

칼은 샘솟는 아이디어와 젊음을 디자인으로 맘껏 풀어냈고, 그가 선보인 컬렉션은 모두 다 놀라운 성공을 거두었어요. 옷을 발표하

어제의 패션보다 내일의 패션이 더 중요해

기 무섭게 팔려 나갔으니까요.

1972년 칼이 발표한 데코 컬렉션은 검은색과 흰색의 프린트 직물을 정교한 바이어스 커팅으로 재단해서 만든 디자인이었는데 군더더기 없이 깔끔한 디자인에 엄청난 찬사가 쏟아졌어요.

칼과 더불어, 일본에서 온 다나카 겐조도 인기를 끌었어요. 동양인으로서는 최초로 파리의 패션계에 진출한 겐조는 기모노를 서구 패션에 접목하면서 빅룩을 유행시켰고, 에스닉룩유럽 민족 이외의 세계 여러 나라 민족 고유의 복장을 힌트로 한 디자인 경향을 파리에 전파했어요. 칼은 겐조와 함께 '두 사람의 K'라고 불리면서 파리 프레타 포르테를 대표하는 톱 디자이너가 되었어요.

패션이 새로운 표현 수단으로 떠오르면서 칼이나 겐조 같은 디자이너뿐만 아니라 패션 사진작가도 새로운 비주얼 영웅으로 대접받게 되었어요. 헬무트 뉴튼과 기 부르댕은 강력하고 눈길을 끄는 사진을 프랑스판《보그》에 게재하며 패션계에서 영향력을 키워 갔죠.

위기의 오트 쿠튀르,
라이센싱으로 새 활로를 모색하다

오트 쿠튀르의 상징 샤넬이 세상을 뜨고 프레타 포르테로 사람의 관심이 몰리면서, 오트 쿠튀르 하우스들은 판매량이 눈에 띄게 뚝뚝 떨어져 심각한 위기를 맞게 되었어요. 여전히 오트 쿠튀르만 고집하는 특별한 고객들이 남아 있었지만, 그들도 이브닝드레스만 사 갈 뿐, 가벼운 외출복으로는 프레타 포르테 의상을 더 좋아했죠.

오트 쿠튀르의 왕으로 군림해 온 이브와 그의 파트너 피에르 베르제는 낙심하지 않았어요. 그들이 생각해 낸 해법은 라이센스였어요. 의류 제조자들에게 쿠튀리에의 이름을 빌려주면 엄청난 돈과 명예를 얻을 수 있다고 생각한 거죠. 이브는 이때부터 선글라스, 벨트, 넥타이, 담배 제조자들에게 자신의 이름을 빌려 주었어요. 1973년에는 프레타 포르테 브랜드인 '이브 생 로랑 리브 고쉬'도 라이센싱 형태로 바꿨어요. 디자인하고 공장에서 옷을 제작하는 과정과 품질을 관리 감독하고, 유통하는 일까지 직접 담당해 왔지만, 그때부터는 디자인만 직접 하고 옷의 제작부터 유통까지 모든 프로세스를 라이센스 업자에게 넘긴 거예요.

오트 쿠튀르 디자이너들도 모두 이브를 따라 라이센싱 사업에 주력하기 시작했고, 패션과 향수 라이센싱 사업은 황금알을 낳는 거위가 되었어요.

프레타 포르테를 대표하는 칼도 라이센싱의 대열에 동참했어요. 1975년 끌로에와 칼은 미국에서 엘리자베스 아덴과 함께 끌로에 향수를 만들기로 계약했어요. 이 계약을 통해서 칼은 끌로에에 고용된 디자이너가 아니라, 수익을 함께 나누는 위치로 올라섰어요. 가비와 자끄가 기성복 라인 이외의 끌로에 수익을 모두 칼과 반씩 나누기로 했거든요.

어제의 패션보다 내일의 패션이 더 중요해

미국을 정복하라

끌로에 향수는 1975년 4월 세상에 나왔어요. 미국에서는 런칭 파티와 패션쇼, 기자 회견, 매장 행사 등 향수를 선보이는 기념 이벤트들이 줄줄이 칼을 기다리고 있었죠. 향수를 많이 파는 것도 중요하지만, 무엇보다 미국 언론계에 좋은 이미지를 뚜렷하게 남겨야 세계적인 디자이너로 성공을 거둘 수 있다는 사실을 칼은 잘 알고 있었어요. 아무도 칼에게 스타 디자이너로서 어떻게 행동해야 할지 가르쳐 줄 필요가 없었어요. 파리에서 칼은 이미 오래전부터 스타 디자이너였으니까요.

미국 여행은 도착부터 출발까지 일정도 엄청나게 빡빡했지만, 임무는 더욱 막중했어요. 여행 중 미국 언론에 비친 칼은 18세기 프랑스 문학을 후원했던 마담 퐁파두르와 미국 팝 아티스트 앤디 워홀을 섞어 놓은 듯한 모습이었어요. 교양과 모던함이 잘 버무려진, 천재의 이미지였죠.

인터뷰할 때 칼은 18세기 프랑스 작가인 마담 드 스탈의 소설을 테이블 위에 올려놓고, 책으로 가득 찬 트렁크를 호텔 방 여기저기에 늘어놓았어요. 그리고 18세기 유럽 궁정의 역사와 괴테, 볼테르 등 사상가들의 명언을 끊임없이 인용했지요. 기자들은 그가 보여 주는 엄청난 지식의 범위와 깊이에 놀라움을 금치 못했어요. 18세기 전문가일 뿐만 아니라 최근 문화예술계를 달구고 있는 포스트모더니즘에 대해서도 정확하게 이해하는 그의 모습은 수많은 기자를 매료시켰어요.

칼의 귀족적인 옷차림도 눈길을 끌었어요. 또 20년간 매일 15병씩 마셔대던 콜라를 끊고 13.5kg이나 감량하는 데 성공한 그의 다이어트 비결도 빼놓을 수 없는 화제였죠.

앤디 워홀이 창간한 《인터뷰》 매거진의 젊은 기자였던 앙드레 레옹 탈리는 플라자 호텔에서 칼을 인터뷰했어요. 그는 유럽 귀족 같은 칼의 매력에 넋이 나갔답니다. 인터뷰는 '끌로에 향기 속의 칼 라거펠트'라는 제목으로 실렸는데, 18세기 프랑스 전원생활에서 영감을 얻은 1975년 끌로에 컬렉션의 베르제르룩에 대해, 그리고 디자인의 영감을 불어넣어 준 미국의 현대무용가 이사도라 던컨에 대한 이야기가 자세히 나왔어요. 문화예술계에서 영향력이 엄청나게 큰 잡지에 인상적인 인터뷰가 실리면서 칼은 국제적인 명성을 날리는 패션 디자이너로 등극했어요. 물론, 끌로에 향수도 엄청난 성공을 거두었고요.

라거펠트 식 디자인

1979년 프레타 포르테 컬렉션 기간에 촬영된 TV 다큐멘터리 「Top Ten Designer in Paris」에서 칼은 자신의 디자인 접근 방식에 대해 설명했어요.

어제의 패션보다 내일의 패션이 더 중요해

"새로운 실루엣이나 모던한 요소에 관해 얘기할 것이 더는 없어요. 이젠 라인보다 시대적 분위기와 정신이 더 중요한 요소가 되었어요. 지금은 A라인이나 H라인이 지배했던 1950년대가 아니기 때문이죠. 패션쇼를 보고, '지난해와 마찬가지로 어깨선은 여전히 넓고, 허리선은 지난해보다 조금 넉넉해졌으며 스커트 길이가 조금 짧아졌다.'고 말할 수 있겠지만, 이런 말들은 내게 1950년대 방식의 낡은 패션 이야기로 들려요. 시대적 분위기와 정신은 모두 액세서리를 통해 만들어져요. 옷은 매우 심플하고 만들기 쉽죠."

그때까지 파리 패션계에서 성공한 디자이너가 되려면 자신만의 특별하고 새로운 실루엣을 선보여야 한다고 믿던 시절이었어요. 하지만 칼은 이 짧은 인터뷰에서 앞으로 패션 디자이너들이 추구하게 될 방향에 대해 요약했어요. 1980년대부터 패션은 라인이나 실루엣을 새롭게 창조하기보다는 새로운 분위기와 액세서리에 관심을 기울이는 방향으로 변해갔기 때문이죠.

1979년과 1980년도 칼의 컬렉션은 쉽게 따로 분리해 입을 수 있는 단품들과 독특한 프린트, 기발한 액세서리들이 사람의 시선을 사로잡았어요. 플라스틱 버블 벨트를 매치시킨 수영복이나 샴푸 거품처럼 머리에서 분출하는 헤어 액세서리가 대표적인 예일 거예요. 칼은 얇은 비단 크레이프로 만든 디스코 스커트에 날아가는 접시 모양의 모자를 매치시키고, 어깨에는 살아 있는 앵무새를 올린 채 런웨이를 걷는 모델들을 선보이기도 했어요.

기존의 틀을 벗어나 고정 관념을 깨뜨리고, 유머러스하면서도 새로운 도전 의식을 고취하는 그의 디자인은 1980년대부터 패션계를 휩쓸게 되는 포스트모더니즘을 예고했어요.

남녀 차별에 반대하며 여성 해방 운동이 불같이 일어난 1970년대에는 여성스러움을 전면에 내세우는 페미니즘이 대세였고, 칼은 그 중 최고로 손꼽을 수 있는 옷들을 몇 가지 디자인했어요. 시폰이나 레이스를 도입한 로맨틱한 옷들과 가볍고 부드럽게 흘러내리는 모피 컬렉션을 예로 들 수 있을 거예요. 하지만 그에게는 남들과 확연히 구별되는 자신만의 스타일이 없었어요.

칼과 함께 1970년대 프레타 포르테의 대표주자였던 겐조는 이름만 들어도 스타일이 눈앞에 그려질 정도로 특징이 뚜렷해요. 꽃무늬와 야단스런 프린트, 색깔, 면 소재, 젊음, 기모노식 소매, 각각 따로 입을 수 있는 옷들, 에스닉, 시티 캐주얼…. 하지만 칼에게는 일관된 특징을 찾아보기 어려워요. 사람은 특별한 실루엣이나 요소에 얽매이지 않는 자유로운 그의 스타일을 아예 '라거펠트 식 디자인'이라고 불러요.

그와 가까웠던 사람에게 칼을 대표하는 실루엣이 무엇인지 물어본다 해도 답하기는 어려울 거예요. 가비는 슈트와 매치시킨 하얀색 면 피케 뷔스티어, 재킷과 코트들, 밑단 없는 베이비 돌 드레스 같이 아름다운 옷들을 칼의 대표 디자인이라고 말했어요. 패션 에디터 레옹 탈리는 펜디 디자인 작업을 꼽았어요.

"라거펠트는 모피의 안팎을 뒤집고 위아래를 바꾸었어요. 모피 산업은 그가 펜디 디자인을 맡으면서 성장할 수 있었어요. 모피 디자인만 빼어났던 건 아니죠. 1969년 레이어링을, 1972년에는 해체주의 실크드레스를 선보였고, 1974년엔 스커트 밑단을 일부러 완성하지 않은 디자인을 통해 포스트모더니즘을 패션에 끌어들였어요."

"그는 테니스화를 처음으로 소녀들에게 신겼어요. 모든 쇼에서 모델들이 하이힐 대신 테니스화를 신고 등장하는 건, 믿을 수 없는 일이었고, 너무도 쿨했어요."라고 말하는 친구도 있어요.

이 모든 것이 새로운 디자인이었지만, 칼은 자신만의 고유한 스타일을 내세우지 않았어요. 하지만 그 시기를 대표하는 분위기나 감정들과 완벽하게 일치하고 있어요. 그것이 바로 칼이 이루어냈고, 지금도 진행형인 업적이에요.

「Top Ten Designer in Paris」에서 인터뷰어는 칼의 스타일이 무엇이냐는 질문을 해요. 칼은 "내겐 또 다른 봄이 있고, 또 다른 사랑이 있다…"는 노래 가사로 답을 하죠. 그는 하나의 룩이나 스타일, 아이덴티티에 얽매이는 것을 원하지 않았어요. 그의 스타일이 지속적으로 새로워진다는 것, 그리고 다음이 있다는 것이 중요할 뿐이라고 말했어요.

"중요한 것은 내가 앞으로 할 것이지 내가 전에 했던 것은 아닙니다."

칼 라거펠트, 변화가 두려울 게 뭐야

달라진 세상,
포스트모더니즘으로 답하다

오트 쿠튀르 디자이너들이 라이센스를 남발하며 돈벌이에 몰두하는 동안, 패션의 흐름을 단박에 바꾸어 버린 새로운 세대가 런웨이에 등장했어요. 티에리 뮈글러, 클로드 몽타나, 장 폴 고티에. 그들은 이브 생 로랑으로 대변되는 로맨틱 페미니즘의 흐름에 강력한 이의를 제기하며 유니섹스 모드로 사람들의 시선을 사로잡았어요. 일본에서 온 이세이 미야케, 요지 야마모토와 레이 가와쿠보는 평면 재단을 통한 해체주의로 오트 쿠튀르의 디자인 규범을 밑바닥부터 흔들어 놓았어요. 새로운 시대의 요구와 트렌드의 변화를 읽지 못한 디자이너들은 몰락과 쇠퇴를 겪었지만, 칼 라거펠트는 1980년대 디자인 전쟁에서 당당히 승리했어요.

어제의 패션보다 내일의 패션이 더 중요해

유니섹스 모드가 등장하다

프랑수아 미테랑의 1981년 5월 10일 프랑스 대통령 선거 승리는 프랑스 백만장자들에게는 블랙 데이로 받아들여졌어요. 프랑스 최초의 사회주의자 대통령으로서, 부자세를 부과해서 빈부 격차를 좁히겠다는 선거 공약을 내걸었기 때문이었어요.

1970년대에는 여성 해방 운동을 중심으로, 몸매를 속박하던 브래지어나 거들을 버리고, 여성들 스스로 자신의 몸매를 드러내고 자랑스럽게 여기는 분위기가 대세였어요. 자연히 패션은 여성의 몸매를 노출하고 아름답게 표현하는 데 치중하게 되었어요. 이러한 흐름 속에서 가장 큰 인기를 끈 디자이너가 이브, 칼, 겐죠였죠.

반면, 1980년대 들어서면서 남녀의 성을 구분하는 것 자체가 남녀 불평등을 일으킨다고 보는 생각들이 늘어났어요. 전문직에 진출하는 여성들이 늘어나면서, 사회와 직장 내에서 남녀 구분 없이 능력만으로 평가받고 싶다는 생각도 점차 퍼지게 되었죠. 직장에서 여성미를 너무 강조하면 오히려 불이익을 받을 수 있다는 생각에 남성적인 힘과 여성적인 매력을 동시에 부각할 수 있는 파워 슈트 같은 아이템이 히트하게 되었어요. 남성적인 스타일과 여성성을 결합한 유니섹스 모드, 패션 용어로는 '앤드로지너스룩androgynous look'이 인기를 끌게 된 시기였어요.

시대를 표현하는 패션

패션 디자이너에게 가장 힘들고 암담한 순간은 언제일까요? 시대의 흐름에서 뒤떨어진 구닥다리가 되었다고 느끼는 순간일 거예요. 아무리 뛰어난 디자이너라도, 새로 등장한 세대를 이해하지 못하고 그 흐름에 몸을 싣지 못하면 뒤처지게 돼요. 바로 이것이 패션 디자이너가 짊어지고 가야 할 창조적 고통이에요.

물론 모든 예술 형태엔 트렌드와 분위기가 있지만 패션만큼 트렌드에 민감한 분야는 없어요. 예컨대, 화가는 비록 '트렌디'하지 못해도 작품의 본질적인 힘과 예술성만으로 좋은 평가를 받을 수 있어요. 소설이나 노래도 마찬가지고요. 하지만 패션은 그 시대와 그 순간의 욕망을 묘사해야 살아남을 수 있어요.

"패션에서 미래란 고작 3개월을 의미해요. 왜냐하면 항상 다음 시즌이 기다리고 있으니까요. 내가 트렌드에 순응하지 못하면 패션은 나를 제외시키고 계속 앞으로 나아가요. 결국, 나만의 개성을 잃게 되는 거죠."

칼은 늘 '다음'에 대해 고민했고, 성공했어요. 1980년대, 모든 것을 쓸어 버린 패션 조류의 변화에서 실패하지 않고 살아남은 유일한 사람은 바로 칼이었거든요.

심플한 옷에 대담한 귀걸이나, 목걸이, 팔찌, 벨트 등 화려한 액세서리를 매치시킨 칼의 컬렉션은 유니섹스 모드의 흐름 속에서도 여

어제의 패션보다 내일의 패션이 더 중요해

성미를 잃지 않는 개성을 보여 주었어요. 스트리트 패션과 하이패션을 절묘하게 혼합해서 시대의 흐름을 반영하면서도 새로운 차원의 코디네이션을 선보인 그의 옷들은 우아하고 시크한 멋을 잃지 않았죠.

칼은 티에리 뮈글러, 클로드 몽타나, 아제딘 알라이야, 장 폴 고티에 등 새롭게 떠오른 스타 디자이너들과 함께 1980년대 포스트모더니즘의 대표주자로 꼽히게 되었어요. 겐조처럼 한물 간 1970년대 패션 스타와는 반대로 칼은 점차 자신감이 늘어났고, 미디어에서도 발언권이 더욱 커졌어요. 칼은 프레타 포르테 산업을 이끈 창립 멤버로서의 위상을 갖게 되었어요. 드디어 칼이 쌓아 온 세월이 빛을 발하는 시기가 온 거예요.

그의 컬렉션은 새롭고 신선한 분위기와 중요한 바이어들을 기쁘게 하는 잘 팔리는 옷들 사이에서 최고의 밸런스를 유지하고 있었어요. 모든 컬렉션마다 딸들을 기쁘게 할 트렌드와 엄마를 위한 세련된 로맨티시즘, 할머니를 위한 우아함이 적당량 버무려져 있었고 지금도 그렇게 하고 있답니다.

어느새 그는 패션계 거장으로 인정받기 시작했고 상류 사회 파티의 호스트 역할도 맡게 되었죠. 샹제리제 극장에서 뉴욕시립발레단의 초연에 100명의 파리 명사들을 초청한 디너 행사를 주최할 정도로 파리 상류 사회에 영향력을 미치는 중요 인물이 되었답니다.

패션의 황제로
등극한 칼

1982년, 샤넬 수석 디자이너로 임명되면서 칼은 오트 쿠튀르로 영광의 귀환을 했어요. 사람들은 칼이 독일인이라는 이유로, 프레타 포르테에서 활동하던 경력을 이유로, 엄청난 연봉을 이유로 그의 샤넬 입성을 못마땅해했고, 그의 첫 번째 샤넬 컬렉션은 혹평을 들었어요. 하지만 칼은 샤넬을 세상 1%의 특권층이 아닌, 패션을 즐기는 수많은 여성이 갖고 싶어 하는 브랜드로 바꾸어 놓았어요. 샤넬의 영원한 아름다움에 톡톡 튀는 시대감각을 결합한 그의 패션은 열광적인 반응을 끌어냈어요. 손대는 일마다 성공하면서 '미다스의 손' 혹은 '카이저 칼'로 불리게 된 칼은 무대 뒤에서 작업을 진두지휘하는 디자이너에서, 많은 사람이 알아보고 열광하는 슈퍼스타로 떠올랐지요.

어제의 패션보다 내일의 패션이 더 중요해

샤넬 왕국에 입성한 칼

"칼 라거펠트가 샤넬 부티크 바로 옆에 있는 아파트를 새로 샀다면서?"

"혹시 샤넬이 칼을 스카우트하려고 하는 건 아닐까?"

"설마! 샤넬이 어떤 브랜드인데, 칼이 기웃거릴 수 있겠어?"

"칼은 오트 쿠튀르가 싫다고 떠난 지 오래 되었잖아?"

"키티 달레시오 알지? 샤넬 하우스 미국 법인 사장 말이야. 키티가 칼이랑 같이 점심 먹는 거 봤어."

"나도 며칠 전 뉴욕에서 키티랑 같이 저녁 식사 하는 거 봤는데. 무슨 얘긴지 몰라도 아주 심각한 표정이던 걸."

6개월 넘게 패션계를 달구었던 소문은 1982년 9월 15일, 사실로 드러났어요. 샤넬 하우스 대변인이 1983년 1월 컬렉션부터 칼이 샤넬을 위해 '예술적 방향을 제시할 예정'이라고 발표했거든요. 사람들은 모두 칼이 샤넬의 프레타 포르테 라인도 맡게 될 것으로 생각했지만, 칼은 샤넬의 오트 쿠튀르 디자인만 맡기로 했어요. 끌로에와 맺은 계약이 아직 끝나지 않아서 프랑스에서 생산되는 프레타 포르테 브랜드는 맡을 수 없었거든요.

20세기 여성들에게 옷 입는 법을 새로 알려 준 오트 쿠튀르의 상징, 샤넬의 뒤를 잇는다는 건 디자이너로서는 가장 큰 영광이었죠. 샤넬 하우스 수석 디자이너이자 크리에이티브 디렉터라는 직위는 칼에게 엄청난 부와 세계적인 명성을 안겨다 주었어요. 무엇보다 도 오트 쿠튀르의 황제로 군림하고 있던 이브의 전설과 명성, 특권에 맞서 칼이 경쟁할 수 있는 유일한 자리이기도 했어요. 국제양모 사무국 콘테스트에서 이브와 같은 레벨에 나란히 섰던 소중한 순간으로부터 28년이 흐른 후, 49살이 된 칼은 마침내 오트 쿠튀르 세계에서 이브와 대등한 위치에 올라선 거예요.

말도 안 돼! 독일인이 샤넬 수석 디자이너라고?

이 소식에 가장 큰 충격을 받은 건 당연히 이브 하우스 사람들이었죠. 그들은 1982년 9월 15일을 '블랙 데이'라고 불렀어요. 이브는 자신을 발탁했던 디오르보다 샤넬을 더 가깝게 느꼈고, 오랫동안 존경해 왔어요. 샤넬은 누구보다 먼저 여성의 사회적 지위가 변하는 것을 받아들이고, 검은 색이 지닌 관능미와 신비로움을 이해했으며 스타일을 탁월하게 구사했던 디자이너였어요. 그리고 이 모든 것은 이브가 따랐던 원칙이기도 했어요. 샤넬도 죽기 직전, TV에 나와서 '이브가 나의 정당한 상속자'라고 말했어요.

아마도 할 수만 있다면 이브 자신도 샤넬 하우스의 수석 디자이너가 되고 싶었을 거예요. 하지만 이브에게는 이미 자신의 패션 하우스와 자신의 아이덴티티가 있었어요. 한 명의 디자이너가 패션 하우스 여러 곳에서 동시에 작업을 할 수 있다는 생각은 1982년까

어제의 패션보다 내일의 패션이 더 중요해

지 패션계에선 불가능하게 받아들여졌어요. 칼을 빼고는 말이죠.

이브만큼 큰 충격을 받은 건 아니었지만, 파리와 세계 패션계도 충격을 받았고, 그 속내를 노골적으로 드러냈어요. 칼이 불러온 쇼크는 우선, 그가 오트 쿠튀르의 '쿠튀리에'가 아니라 프레타 포르테에서 활동해 온 '스타일리스트'라는 사실에서 비롯되었어요. 칼이 샤넬 하우스의 수석 디자이너로 지명된 1982년만 해도 파리 패션계에서는 쿠튀리에와 스타일리스트 사이에 넘기 어려운 벽이 있었어요.

오트 쿠튀르를 스스로 버리고 나와 프레타 포르테로 온 칼 자신도 오랫동안 오트 쿠튀르와 프레타 포르테의 차이에 대해 얘기해 왔어요. 그는 오트 쿠튀르는 "조잡하고 유행에 뒤쳐진, 1950년대에 나온 먼지 낀 유물일 뿐이다. 오트 쿠튀르는 요즘 시대에 맞는 모던한 옷을 만들지 못한다."고 지난 20년 동안 큰 소리로 비난해 왔어요. 「Top Ten Designer in Paris」에 출연했을 때, 칼은 오트 쿠튀르에 대해 숨도 쉬지 않고 흥분해서 비난했어요.

"나는 특정한 한 부류의 고객을 위해 디자인하고 싶지 않아요. 나는 소수의 귀부인들을 위해 아첨하지 않고 내가 느끼는 바를 디자인할 거예요. 물론, 나도 개인적인 친분이 있는 여배우들이나 아는 사람에게 재미삼아 옷을 만들어 주는 것은 좋아하지만 특정 고객들을 위해 컬렉션을 만들어야 한다면, 그건 창의적이거나 모던한 패션 아이디어가 아니라고 생각해요."

이렇게 오트 쿠튀르를 향해 독설을 퍼붓던 칼이 오트 쿠튀르의 상징인 샤넬의 수석 디자이너로 취임하게 될 줄 누가 상상이나 할 수 있었을까요? 180도 돌변한 칼의 입장을 이해하려 드는 사람은 아무도 없었어요.

칼의 국적도 시빗거리가 되었죠. '독일인 디자이너가 뼛속까지 철저히 프랑스적인 오트 쿠튀르 하우스의 세련미, 타협하지 않는 우아함을 진실로 이해할 수 있을까?' 속 좁은 프랑스 사람들의 질문이 이어졌어요. 1858년 파리에서 오트 쿠튀르의 콘셉트를 만들어 낸 디자이너는 영국인인 찰스 프레데릭 워스였지만, 그럼에도 불구하고 오트 쿠튀르의 감수성은 프랑스인 고유의 장점으로 간주되어 왔어요. 물론 오트 쿠튀르에서 활약했던 사람 중에는 스키아파렐리, 엠마누엘 웅가로, 발렌티노 등 이탈리아인들이 더러 있었지만, 그 사람은 프랑스인과 가까운 라틴계였어요. 패션 평론가들, 특히 프랑스인 평론가들은 라틴계 울타리에서 벗어난 사람은 절대 오트 쿠튀르의 섬세한 감각을 만들어 내지 못한다는 편견을 고수해 왔거든요.

칼이 샤넬 하우스의 적임자인가에 대한 의문뿐만 아니라 그가 샤넬에서 받기로 한 엄청난 돈도 논란을 불러 일으켰어요. 칼은 샤넬 하우스와 연봉 1백만 달러에 계약했어요. 자신이 소유하지 않은 오트 쿠튀르 하우스를 위해 1년에 두 번씩 컬렉션을 디자인하는 대가로 1백만 달러를 받는 건 1982년도에는 상상하기조차 하기 어려울

어제의 패션보다 내일의 패션이 더 중요해

정도로 어마어마한 금액이었어요. 사람들은 몇 달 동안 그 얘기 말고 다른 얘기는 하지도 않을 정도로 놀랐어요.

샤넬의 명성을 되살려 낸 알랭

이 모든 논란을 뒤로하고 엄청난 연봉을 제시하며 칼을 샤넬 하우스로 불러들인 것은 알랭 베르트하이머Alain Wertheimer였어요. 알랭은 샤넬의 전설적 성공을 이끈 할아버지 피에르 베르트하이머Pierre Wertheimer와 맞먹을 정도로 놀라운 비전과 추진력을 지닌 사업가였어요. 피에르는 1924년 샤넬과 향수를 창조하고 제조하는 협상을 맺고, 1950년대 후반에는 샤넬 브랜드의 소유주가 되었어요.

피에르가 샤넬에게 재정적 지원을 함으로써 그녀를 전설로 만든 사람이었다면, 손자 알랭은 칼을 불러들여 죽어 가던 샤넬 하우스를 되살려 낸 사람이라고 말할 수 있어요.

알랭은 샤넬이 죽은 지 3년 후인 1974년, 그의 나이 24살 되던 해에 샤넬 하우스의 사장으로 취임했어요. 그전에는 피에르의 아들이자 알랭의 아버지 자끄가 회사를 맡아 경영했는데, 향수 판매망을 무리하게 확장하는 바람에 '샤넬 넘버 5'를 싸구려 향수로 전락시켜 버렸어요. 게다가 오트 쿠튀르의 판매 실적이 저조해서 샤넬 하우스는 과거의 명성이 무색할 정도로 몰락해 가는 상황이었어요. 알랭은 사장으로 취임하자마자 미국의 향수 판매망을 축소하고, 시골 드러그스토어 판매대에 먼지를 뒤집어쓴 채 진열되어 있던 샤넬 넘버 5를 거둬들였어요. 알랭은 샤넬 향수의 고급스러운 이미지를 회복하기 위해 노력했어요.

1977년 샤넬 하우스도 대세에 따라 기성복 라인의 라이센싱 계약을 맺었지만, 1년 후 라이센스를 취소하고 직접 제조와 유통을 담당하기로 했어요. 제조업자 가문에서 태어나 사업가가 지녀야 할 안목을 키워온 알랭이 프레타 포르테 시장의 성장 가능성과 샤넬 기성복 라인의 잠재력을 꿰뚫어 보았거든요. 그는 디자인의 스케치부터 매장 쇼핑백에 이르기까지 제조, 유통, 판매 각 단계를 효율적으로 조절해야 프레타 포르테 시장에서 성공할 수 있다고 생각했어요.

알랭은 샤넬 하우스를 되살리기 위해 우선 미국 패션 사업을 확장하기로 하고 1980년, 뉴욕 광고 에이전시에서 20년간 샤넬 브랜드의 광고를 담당해 왔던 키티 달레시오를 고용했어요. 그녀는 누구보다 샤넬이 지닌 브랜드 파워를 이해하는 사람이었어요. 칼을 발견한 사람도 키티였죠. 그녀는 칼의 재능과 더불어 패션 산업계에서 그가 걸어온 길에 깊은 인상을 받았어요.

"나는 칼에 대해, 그가 거둔 성공을 조사했어요. 그는 명석하고, 결코 샤넬을 모방하려 하지 않았어요. 그는 학자처럼 지식이 풍부해요. 또 끌로에나 펜디뿐만 아니라 많은 패션 브랜드와 손을 잡고 일해 왔어요. 알고 보니, 뉴욕 5번가에 걸려있는 모피 코트 중에서 칼의 손을 거치지 않은 건 하나도 없더라고요."

키티는 칼이 디자인한 패션 브랜드의 리스트를 보고 깜짝 놀랐고, 그의 엄청난 지식과 귀족적인 면모에 찬탄을 금치 못했어요.

키티는 알랭에게 칼을 강력 추천했어요. 알랭도 칼이 치열한 프레타 포르테의 세계를 이끄는 대표 디자이너로서 놀라운 능력을 보여 준 것에 깊은 인상을 받았고, 샤넬 하우스에 새로운 생명을 불어넣어 줄 적임자라 판단했어요.

비난과 실망으로 얼룩진 첫 번째 샤넬 컬렉션

많은 논란을 뒤로하고 드디어 1983년 1월, 칼은 첫 번째 샤넬 컬렉션을 선보였어요. 칼이 만든 샤넬을 판정하기 위해 수많은 파리 패션계 사람이 캉봉가의 샤넬 부티크boutique 파리의 오트 쿠튀르에서 복식 관계 제품이나 디자이너 이름이 들어간 화장품 등을 작은 매장을 꾸며 판매하는 곳로 모여들었죠. 음악이 흐르면서, 모델 이네스 드 라 프레상쥬Inès de la Fressange가 하얀색 라운드 칼라가 달린 네이비블루 색의 슈트를 입고 등장했어요.

'당신은 샤넬이라는 전설을 어떻게 다룰 것인가?'라는 물음에 칼은 자신의 개성을 죽이고, 샤넬을 따라가는 길을 선택했어요. 그는 샤넬의 디자인 중에서 1920년대와 1930년대 디자인에 포커스를 맞추어 정강이에서 끝나는 롱스커트와 크롭 재킷일반 재킷보다 짧게 자른 재킷, 진주 목걸이를 선택해서 샤넬에게 헌정하는 오마쥬 컬렉션을 선보였어요.

그런데 제작 시간이 부족한 탓인지 아니면 아틀리에 직원들과 함께 작업하는 과정에 문제가 생긴 것인지 까닭은 알 수 없지만, 옷들이 대부분 제대로 마무리되지 못한 상태로 런웨이에 올려졌어요. 옷에 실이 매달려 있고, 주름 사이로 핀이 보이기도 했어요. 목걸이에는 꼬리표가 달려있었고요. 그중 가장 심각한 문제는 암홀armhole 진동 둘레처리가 잘못되었다는 점이었죠. 암홀은 샤넬이 개인적으로 가장 집착했던 부분이었어요. 그녀는 편안하고 맵시 나는 재킷을 만들려면 몸통과 소매를 연결하는 암홀을 완벽하게 재단해야 한다고 믿었어요. 그래서 모델한테 옷을 입힌 후에 직접 가위와 핀을 들고 암홀 부분을 마음에 들 때까지 피팅하고 또다시 피팅하곤 했어요. 그런데 칼이 만든 재킷은 샤넬이 만든 재킷에 비해 소매가 너무 낮게 달려 있고 헐렁해서 맵시가 나지 않았어요.

"아무도 샤넬을 대신할 수 없다, 칼조차도." 이것이 첫 컬렉션에 대한 언론과 청중들의 반응이었어요. 언론은 그가 디자인한 옷의 모든 디테일을 샤넬과 비교했어요. "실루엣이 너무 펑퍼짐하다. 힙라인은 너무 묵직하고, 재킷에는 포켓이 너무 많이 달렸다. 게다가 오렌지색 트위드라니! 여름에 입기엔 너무 덥지 않은가? 테일러링도 완벽하지 못하다. 옷이 몸을 움켜잡은 느낌이 든다."고 혹평했어요. 다른 언론들도 샤넬이라면 절대로 하지 않았을 실수를 너무 많이 저질렀지만, '샤넬다운' 면은 충분히 부각하지 못했다는 의견이

어제의 패션보다 내일의 패션이 더 중요해

대다수였어요. 칼은 참담한 실패를 맛보았어요.

사교계의 여왕이자 샤넬의 단골인 마리-엘렌 드 로스차일드도 칼의 컬렉션을 보러 왔어요. 그녀는 어린 소녀였을 때 샤넬이 직접 피팅한 옷을 처음 입은 후 샤넬 예찬론자가 되었어요. 샤넬이 스위스 망명 생활을 접고 파리로 돌아왔을 때는 패션계에 컴백하도록 재촉하고 도움을 주었다고 알려졌죠. 낡았지만, 여전히 아름다운 샤넬 트위드 정장을 입은 마리-엘렌은 쇼를 본 소감을 에둘러 말했어요.

"칼도 샤넬스러운 느낌을 내고는 있지만, 아직 완전하진 않네요. 누군가 그에게 샤넬에 대해 좀 더 얘기해 줘야 할 것 같아요. 샤넬은 완벽한 균형을 보여 줬는데…. 하지만 누구든 첫 시도로 샤넬을 따라잡을 수는 없겠죠. 칼도 언젠가는 해 낼 거예요."

마리-엘렌의 말은 옳기도 했고 틀리기도 했어요. 비록 느낌은 완전하게 재현하지 못했지만, 칼은 샤넬의 디자인에 관해서 이미 오래 전부터 엄청나게 공부해 왔거든요. 1970년대 초반부터 칼은 샤넬에게 매료되었고, 오랫동안 샤넬의 컬렉션과 그녀의 개인사에 대해 공부해 왔어요.

칼은 샤넬 하우스에 보관된 샤넬의 자료보다 자신이 개인적으로 모은 자료가 더 많다고 자랑해 왔는데, 샤넬 하우스에 들어온 지 3개월 만에 그 자신이 소장한 자료들뿐만 아니라 하우스에 있는 자료까지 모두 탐독했어요. 샤넬의 대표적인 트위드 소재 슈트, 샤넬 로고, 샤넬의 상징인 동백꽃, 리틀 블랙 드레스와 퀼팅 백, 커스텀 주얼리, 이브닝드레스에 이르기까지 샤넬의 역사를 모조리 공부했어요. 그리고 짧은 시간에 샤넬 하우스의 핵심 디자인 요소들을 완전히 자기 자신의 디자인처럼 자유롭게 구사하는 수준에 이르렀어요.

샤넬의 명성을 되살릴 해법은?

칼에게 필요했던 건 샤넬에 대한 완벽한 지식이 아니었어요. 샤넬을 따라 하는 방법은 효과가 없다는 것은 첫 번째 컬렉션을 통해 이미 드러났어요. 왜냐하면, 샤넬 슈트처럼 보이는 옷들이 파리 거리의 모든 옷가게에서 판매되고 있었기 때문이죠. 게다가 독창성을 생명으로 여기는 디자이너로서 '샤넬 스타일의 슈트를 만드는 쿠튀리에'가 되는 것은 '이건 샤넬이 아니야.', '그는 절대 샤넬의 터치를 지닐 수 없어.'라는 비난을 영원히 면할 수 없게 된다는 뜻이기도 해요.

더욱 의미심장한 것은, 샤넬 따라하기 방식이 미래의 패션과 맞지 않는다는 점이었어요. 만약 칼이 쿠튀리에로서 오트 쿠튀르 하우스에서만 일해 왔다면 칼도 마리-엘렌 로스차일드를 흡족하게 만들기 위해 온 힘을 다했을 거예요.

하지만 칼은 오트 쿠튀르를 벗어나서 지난 20년 동안 프레타 포르테에서 일하며 세상이 어떻게 바뀌고 있는지를 지켜보았어요. 그가 보기에, 앞으로 펼쳐질 패션 산업에서 마리-엘렌 같은 오트

어제의 패션보다 내일의 패션이 더 중요해

쿠튀르 단골들의 목소리는 그리 중요하지 않았어요. 소수 귀부인들을 상대로 샤넬이 활동하던 시기와 엄청나게 달라졌으니까요. 1980년대 초반, 패션 산업계는 소수 특권층을 위한 가내 수공업 수준에서 전 세계 대중을 위한 대규모 산업으로 규모가 엄청나게 커지고 있었어요.

장 폴 고티에나 티에리 뮈글러의 패션쇼는 마치 록 콘서트 입장객처럼 서로 밀치고 소리 지르며 패션쇼장 안으로 들어가려는 수천 명의 군중들을 끌어모으고 있었죠. 패션쇼 담당자들은 쇼장 입구에 서서 손을 휘저으며 '당신은 통과, 당신은 안 돼!'라고 소리를 질러댔어요. 대중들도 패션에 관심을 두고 즐기기 시작한 거예요.

잡지를 통해 소개되는 패션의 이미지가 대중들에게 큰 영향을 미치게 되면서 패션 사진작가의 촬영비가 1년 새 4배나 뛰었어요. 톱 모델들도 광고를 통해 큰돈을 벌고 유명세를 타기 시작했죠. 스타들이 패션쇼를 보러 오면 파파라치들의 플래시 세례가 퍼부어졌어요. 사진작가들은 좋은 자리에서 런웨이를 촬영하기 위해 몸싸움을 벌였어요.

무대 뒤에 머물렀던 패션 디자이너들도 어느새 많은 사람에게 얼굴이 알려진 세계적 유명 인사 대열에 끼게 되었고, 잡지에서 촬영 요청을 기꺼이 받아들이던 패션 하우스는 광고의 힘을 빌려 독재자로 변신하기 시작했어요. '우리 광고를 따고 싶으면 기사를 내 줘.' '지난달 표지 사진이 마음에 들지 않으니 이달 광고는 취소야.'

클래식에 트렌드를 입혀라

시대의 변화에 따르는 칼의 해법은 첫 번째 컬렉션에서부터 시도되었어요. 어설픈 샤넬 스타일 슈트 가운데서 한 벌의 이브닝드레스가 칼과 샤넬 하우스의 앞길을 보여 주었어요. 매우 심플하고 아름다운 검정색 실크 드레스였는데 초커처럼 짧은 목걸이를 목 주변에 두르고, 커다란 진주와 루비를 매단 긴 목걸이를 늘어뜨리고 있었죠. 또 금박과 진주로 만든 여러 개의 체인이 허리와 넓은 커프스에 달려 있었는데, 자세히 보면 실제로는 모두 천에 자수를 놓은 것이었어요. 정교한 작업을 통해 눈을 속이는 것을 '트롱프뢰유Trompe loeil 효과'라고 하는데, 포스트모던 패션의 대표적인 기법으로 꼽혀요. 1970년대 끌로에 디자인을 할 때부터 포스트모더니즘을 패션에 도입한 칼이 샤넬의 새로운 가능성을 실험한 거예요.

옷을 입고 싶은 욕망을 불러일으키는 데 가장 중요한 존재는 바로 그 옷을 입고 있는 스타 모델이라는 점도 빼놓을 수 없겠네요. 샤넬 하우스에서 칼의 새로운 뮤즈muse 그리스 신화에 나오는 학예의 여신으로 영감을 주는 사람을 이렇게 부른다로 발탁된 사람은 이네스 드 라 프레상쥬였어요. 검은 머리에 소년 같은 미소를 지닌 이네스는 샤넬과도 닮았어요. 샤넬룩에서 뽑아낸 불멸의 아이콘과 칼의 예리한 눈으로 포착한 현재의 트렌드를 섞어놓는 것, 그래서 지금 이 순간 시대의 특성을 분명하게 드러내도록 하는 것이 칼이 내놓은 해법이었어요.

샤넬은 패션에 대해 전혀 모르는 사람이 봐도 한눈에 알아볼 수 있는 '룩'을 창조해 냈어요. 슈트와 트위드, 블랙 앤 화이트, 모조 진주와 저지 패브릭, 간결한 향수병과 동백꽃 장식, 체인벨트가 달린 가죽 백, 그리고 두 개의 C가 서로 맞물린 브랜드까지 샤넬의 비주얼 코드는 영원히 지워지지 않을 기념비적인 디자인이었죠. 칼이 성공을 거둔 것은 샤넬의 디자인이 지닌 힘, 시간의 흐름과 다른 사람의 모방 속에서도 충분히 살아남을 만큼 강하고 상징적인 힘을 제대로 이해하고 있었기 때문이에요.

"제가 샤넬을 처음 맡았을 때 대중은 샤넬을 시대에 뒤떨어진 '한물 간' 브랜드라고 생각했죠. 한때는 혁명적인 디자이너였던 샤넬도 세상의 변화에 순응하지 못한 거죠. 예컨대, 미니스커트가 유행할 때 그녀는 1초도 생각해 보지 않고 거부했어요. 도저히 용납할 수 없는 패션이라고요. 자신을 현대 여성이라고 여겼던 그녀가 아이러니하게도 현대적인 패션의 흐름을 받아들이지 못한 거죠."

"패션은 바로 그 순간을 반영해야 한다. 너무 빠르거나 너무 늦으면 소용없다."고 주장해 온 칼은 첫 번째 컬렉션 이후, 샤넬이 만들어낸 클래식 슈트의 우아함을 해치지 않는 선에서 재킷과 스커트의 길이를 조금씩 다르게 변형했어요. 직선적인 라인은 부드럽게 다듬고 단추는 좀 더 크게 키웠어요. 색상을 다채롭게 시도하고 샤넬이라면 질겁하며 펄쩍 뛰었을 미니스커트 같은 아이템들을 결합해서, 50대 여성에게나 어울렸던 샤넬 하우스에 트렌디한 20대의 감

샤넬 패션쇼에 이네스가 입은 또 다른 스타일의 블랙 롱드레스

각을 전혀 어색함 없이 불어넣는 데 주력했어요.

끌로에와의 계약이 종료된 1984년부터 칼은 샤넬의 프레타 포르테 라인까지 맡게 되었어요. 이젠 오트 쿠튀르와 프레타 포르테를 진두지휘하는 크리에이티브 디렉터로서 샤넬 제국의 부활을 주도하게 된 거예요. 이때부터 그는 '카이저 칼'이라는 별명을 얻게 되었어요. 그야말로 패션의 제왕으로 불리기 시작한 거죠.

샤넬보다 더 샤넬다운 디자이너

1989년 9월 3일, 칼의 가장 친한 친구였던 자끄가 38세의 젊은 나이에 세상을 떠났어요. 자끄의 죽음 이후 칼의 개인적 삶은 고독하고 비통한 나날이 이어졌지만, 그는 오히려 일로 고통을 잊어버리려고 노력했어요.

샤넬의 크리에이티브 디렉터로서 디자인 혁신은 물론이고, 샤넬 쿠튀르와 프레타 포르테 라인의 이미지를 구축하고 홍보 문안을 작성하여 뉴스를 만들고, 광고 전략을 수립해 판매를 촉진하는 등 다양한 분야에서 샤넬 하우스를 이끌어 갔어요.

1990년대 들어서며 칼의 디자인은 샤넬의 전통적인 디자인과 많이 달라졌어요. '스타일이 패션을 지배한다.', '디자인은 심플할수록 좋다.'는 샤넬의 신념을 오랫동안 철칙으로 지켜온 샤넬 하우스에 창조적 긴장감을 불어넣고, 샤넬 하우스를 온전히 칼 자신의 것으

칼 라거펠트, 변화가 두려울 게 뭐야

로 만드는 과정이었죠.

1991년 칼 라거펠트는 진룩Jeans Look을 샤넬 슈트에 접목한 디자인을 선보였어요. 샤넬의 오랜 단골들을 놀라게 했지만, 고급스러운 트위드와 젊음의 상징 진이 놀랍도록 멋진 조화를 이루었다는 평가를 받았어요.

1992년에는 검은색 가죽 모자, 검은색 가죽 재킷, 징이 박힌 벨트 등 바이커족의 이미지를 차용한 디자인을 롱스커트에 매치시켰어요. 짧은 팬츠를 샤넬 슈트에 접목하는가 하면 샤넬 로고가 들어있는 속옷을 선보이기도 했어요. 슈퍼모델 린다 에반젤리스타에게 검은색 스판 소재의 7부 바지와 하얀색 셔츠를 입히고 커스텀 주얼리소재의 제한을 받지 않는 패션 주얼리와 샤넬 로고가 잔뜩 달린 금색 체인을 두르기도 했지요.

이 모든 시도는 엄청난 관심과 열광을 불러왔어요. 샤넬은 이제 나이 든 귀부인들을 위한 오트 쿠튀르가 아니라, 패션에 관심이 많은 전 세계 여성들이 열광하는 트렌디한 패션 하우스로 거듭난 거예요. 칼의 디자인은 '생전의 샤넬보다 더 샤넬다운 컬렉션'이라는 호평을 받았고 내리막길을 걷던 샤넬 하우스의 판매액은 하늘 높은 줄 모르고 치솟았어요.

몇몇 사람은 칼이 잘 팔리는 옷을 만들기 위해 샤넬의 불변하는 아름다움과 우아하고 순수한 정신을 망가뜨렸다고 비난했어요. 이브가 대표적인 사람이었죠. 이브는 칼을 매섭게 공격했어요.

어제의 패션보다 내일의 패션이 더 중요해

"요즘 디자이너라는 직업은 퇴보하고 있습니다. 나는 요즘 유행하는 디자인을 이해할 수 없어요. 샤넬 하우스에서는 체인과 가죽끈을 어디에나 매달고 있어요. 가엾은 샤넬이 무덤에서 일어나 우리에게 돌아와야 한다고 생각합니다. 나는 칼이 디자인한 옷들을보면 소름이 끼칩니다."

하지만 샤넬을 재해석한 칼의 비전은 새로 떠오르는 MTV 세대와 맞물려 '슈퍼모델'이라는 새로운 스타를 등장시켰어요. 클라우디아 쉬퍼, 린다 에반젤리스타, 크리스티 터링턴, 헬레나 크리스텐센, 나오미 캠벨은 파파라치를 끌고다니며 세계적인 스타가 되었지요. 1980년대를 구가했던 모델 제리 홀도 그들 옆에 세워놓으면 시골구석에서 온 촌뜨기로 보일 만큼 슈퍼모델들은 세련되고 멋진 아우라를 지니고 있었어요.

칼은 샤넬 쇼에 모든 슈퍼모델을 기용했지만, 그중에서도 클라우디아 쉬퍼를 샤넬 하우스의 얼굴로 선택했어요. 클라우디아가 연한 핑크색 트위드 핫팬츠과 크롭 재킷을 걸치고 런웨이를 걸어 나오는 모습은 샤넬 하우스의 판매고를 놀랍게 끌어올렸어요.

이 기간 동안 샤넬 하우스의 분위기는 감전된 것처럼 흥분과 활기가 흘러넘쳤어요. '마치 오스카 시상식 파티에 온 것처럼 의기양양한 분위기였다.'고 당시 스튜디오에서 일했던 디자이너들은 말했어요.

쇼가 열리기 직전이면 영향력이 큰 패션 에디터들이 칼을 보기

칼 라거펠트, 변화가 두려울 게 뭐야

진록라 슈트를 접목시킨 샤넬 슈트

위해 몰려들었고, 슈퍼모델들이 몸에 맞도록 옷을 맞추기 위해 나타나고, 디자이너들은 팔찌와 목걸이가 담긴 상자를 들고 이리저리 뛰어다녔어요. 최고의 인기를 누리던 영화배우 실베스터 스탤론까지 그 자리에 나타나는 판이니, 아무도 자리를 뜨려 하지 않았어요.

아래층 매장에서는 숍 모델들에게 입히기 위한 옷을 따로 남겨둘 수 없을 정도로 완판 사태가 벌어졌죠. 모두들 성공에 도취되었어요. 그 모든 흥분과 매혹을 만들어낸 사람은 칼이었어요. 모든 것이 칼에게서 나왔고, 칼은 제국을 이끄는 제왕이었어요.

칼은 샤넬 브랜드의 이미지를 젊고 캐주얼하게 변신시킨 것과는 별개로, 최고급 럭셔리 브랜드로서 샤넬 쿠튀르의 명성을 구축하는 데도 힘을 기울였어요.

1997년 이후 샤넬 하우스는 꽃과 깃털장식 공방, 자수 공방, 단추 공방, 구두 공방, 모자 공방, 주얼리, 플로럴 액세서리 공방을 차례로 인수했답니다. 모든 작업을 아직도 전통 방식으로 고수하는 프랑스 최고의 공방들을 인수한 이유는 샤넬의 전통적 유산을 지키고, 독창적 노하우로 타 브랜드가 범접할 수 없는 영역을 만들기 위해서였어요.

샤넬 왕국의 부활, 전 세계적으로 몰아닥친 럭셔리 열풍을 보면서 산업계에선 패션 하우스를 훌륭한 투자 대상이라고 생각하게 되었어요. 루이비통LVMH, 던힐 홀딩스 같은 럭셔리 회사나 사노피 Sanofy 같은 세계적인 제약 회사들이 패션 하우스들을 사들이면서 오

1992년 샤넬 컬렉션에서, 검은 가죽재킷을 이용해 바이커 이미지를 차용한 디자인

트 쿠튀르 하우스들이 대기업에 합병되고, 프레타 포르테와 향수 라인에만 전력하는 시대가 왔어요.

1946년 106개였던 오트 쿠튀르 하우스는 1980년 22개로, 2005년에는 10개로 줄어들었어요. 2002년 이브 생 로랑, 2004년 하나에 모리, 2005년 피에르 발만과 토랑트가 오트 쿠튀르 활동을 중단하고 프레타 포르테, 향수, 액세서리, 혹은 라이센스 개발로 방향을 틀었어요.

하지만 칼이라는 천재적인 디자이너와 알랭이라는 경영의 귀재가 이끄는 샤넬은 인수합병의 전쟁 속에서도 여전히 독립된 패션 하우스로 성공가도를 달리고 있어요.

샤넬의 성공, KL의 실패

칼이 샤넬 디자인을 맡은 다음 해인 1984년, 자신의 이름을 내건 브랜드 '칼 라거펠트KL'를 선보였어요. 그 소식을 들은 사람은 "이제 칼이 KL을 위해 일하기 시작했구나."라고 말했어요. 그만큼 프리랜서 이미지가 강했다는 얘기겠죠?

그는 의상을 디자인할 때 자기 자신의 취향이나 의지는 일단 뒤로 젖혀 두고 각각의 패션 하우스와 그 이미지에 맞는 특별한 디자인을 찾아내려고 노력하는 디자이너였어요.

"나는 디자이너로서 나 자신을 고집하지 않았기 때문에 다양한 브랜드와 함께 일할 수 있었어요. 끌로에는 나의 부드러운 면이 드러난 브랜드였고 샤넬에서 일할 때 나는 샤넬이 됩니다. 펜디는 나의 이탈리아 식 버전이고, KL은 나의 독일 식 버전이죠. KL은 나 자신의 취향이 가장 많이 묻어나는 브랜드이기도 합니다. 이것이 내가 디자인을 맡은 브랜드에 대한 나만의 해석입니다."

우아하면서도 스포티한 팬츠, 가볍지만 견고한 햄 라인, 여유 있게 몸을 감싸는 랩코트, 롱 카디건, 이브닝드레스 등 심플하면서도 활동적인 특징을 담고 있는 KL은 1984년 첫해에만 9천만 달러의 매출액을 기록했어요. 1986·1987년 가을 겨울 컬렉션에서 칼은 비대칭의 어깨선과 햄 라인으로 우아하면서도 모던한 감각을 살린 디자인을 선보여 세계 패션계의 최고 명예로 꼽히는 황금골무상Dé d'or 을 받았어요. '칼 라거펠트는 다른 브랜드의 수석 디자이너로서만 적합한 패션 용병일 뿐'이라는 세간의 불신과 논란을 완전히 잠재운 쾌거였죠.

하지만 칼의 노력과 황금골무상의 영광과 소유주인 비더만의 의욕적인 투자에도 KL은 안정된 길을 가는 데 실패하고 1997년 망해 버렸어요. 칼의 체면은 심하게 구겨졌어요.

"칼은 손대는 브랜드마다 성공한다고 했잖아. '미다스의 손'이라고 뽐내더니, 뭐야? 자기 브랜드는 제대로 못 키우잖아."

"패션계의 용병이라는 소리가 맞는 것 같아."

황금골무상을 받은 후 수그러들었던 비판이 다시 쏟아졌어요.

어제의 패션보다 내일의 패션이 더 중요해

"나는 칼이 샤넬을 위해 일한 만큼 KL을 위해 일했다면 KL도 톱 브랜드 반열에 올려놓을 수도 있었을 거라고 확신합니다. 하지만 칼은 샤넬 수석 디자이너로서 얻게 되는 유명 인사로서의 대접을 포기할 준비가 되어 있지 않았어요."

KL 사장은 씁쓸하게 말했어요.

비록 샤넬을 위해 전력투구하고 있었지만, 칼은 KL에 깊은 애정과 관심을 갖고 있었어요. 1997년 KL이 좌초되었을 때 그는 1프랑이라는 상징적인 금액으로 자신의 브랜드를 사들이고, 스스로 수석 디자이너를 맡아 KL을 다시 시작했어요. 그는 브랜드 이름을 '라거펠트 갤러리'로 바꾸고, 생애 처음으로 자신의 패션 하우스에 돈을 투자했답니다.

패스트 패션과 톱 디자이너의 만남

2004년 H&M과의 공동 작업은 '칼 라거펠트'라는 이름의 효과를 여실히 보여 준 계기가 되었어요. 파리를 비롯한 세계 20여 개국의 500여 매장에서 H&M은 칼이 디자인한 '라거펠트 라인' 아이템을 한정 판매했는데, 소비자들의 반응이 상상을 초월할 정도로 뜨거웠어요.

"칼 라거펠트가 디자인한 옷을 H&M에서 한정 판매한다면서?"

"가격이 비싸지 않을까?"

"H&M은 비싼 옷 파는 데가 아니잖아? 칼이 만든 옷도 제일 비싼 게 100유로 이하라는데."

"믿을 수 없어! 그렇게 싼 가격에 칼 라거펠트 표 옷을 살 수 있다고? 칼이 디자인하는 옷들은 하나같이 비싸잖아. 언제부터 판대? 당장 사러 가야겠다."

판매 개시일인 11월 12일, 파리 H&M의 매장 문이 열리기 훨씬 전부터 쌀쌀한 초겨울 날씨에 아랑곳 하지 않고 4백 명에 가까운 사람이 줄을 서서 칼의 옷을 사려고 기다렸어요. 매장문이 열렸을 때, 전 아이템이 단 5분 만에 매진되는 사태가 벌어졌어요. 가장 빨리 품절된 아이템은 라거펠트의 얼굴이 그려진 흰색 티셔츠와 세퀸 재킷sequin jacket 금속조각, 스팽글 등을 옷감에 붙여서 만든 재킷, 레이스 드레스였어요.

2000년대 초반 샤넬같은 럭셔리 브랜드와 H&M같은 패스트 패션 브랜드SPA의 관계는 1960년대 초 오트 쿠튀르와 프레타 포르테의 관계와 비슷했어요. 럭셔리 브랜드 디자이너는 자신이 만들어 낸 디자인을 SPA가 흉내내고 있다고 생각했어요.

그런데 샤넬 수석 디자이너인 라거펠트가 H&M과 손잡고 자기 이름을 건 옷을 만들다니! 칼은 오트 쿠튀르의 쇠퇴를 그 누구보다 빨리 알아차리고 용감하게 프레타 포르테를 선택한 사람이었어요. 프레타 포르테의 성공을 일구었고, 라이센싱 바람에 동참했으며, 쇠락해가던 샤넬을 되살려 럭셔리 열풍을 전 세계적으로 일으킨 주인공이기도 했죠. 평범한 사람이 패션에 눈을 뜨게 되고, 값싼 SPA

어제의 패션보다 내일의 패션이 더 중요해

를 사면서도 취향만은 럭셔리 브랜드를 따라가고 싶은 열정에 휩싸인 것도 알고 있었어요. 그래서 그는 H&M의 제안을 받아들인 거예요. 칼은 H&M의 광고 사진을 직접 찍고, 광고 모델로 등장하기도 했어요.

칼이 거둔 엄청난 성공을 보고 나서 SPA에 부정적이었던 디자이너들도 생각을 바꿨어요. 소니아 리키엘이 H&M과 손잡았고, 질 샌더는 유니클로와 함께 +j 라벨을 단 옷을 내놓았어요. 하지만 더욱 많은 사람에게 다가가고 싶었던 칼은 한정 판매로 제품의 가치를 높이고 싶은 H&M과 의견이 맞지 않아서 그 후로 H&M과 함께 작업하지 않았어요.

H&M과의 작업으로 KL의 브랜드 가치에 대해 자신감을 얻은 칼은 '칼 라거펠트', '라거펠트 갤러리', 'KL'의 소유권을 미국 디자이너 토미 힐피거에게 3000만 달러에 팔았어요. 다시 경영자에서 고용 디자이너로 돌아간 거죠.

2006년 12월 18일, 라거펠트는 'K. Karl Lagerfeld'라는 이름을 붙인 남녀 캐주얼 의류 컬렉션을 런칭했고, 2012년엔 'Karl'과 'Lagerfeld'를 런칭하며 젊은 세대를 위한 대중적 브랜드 개발에 적극 참여하고 있어요.

H&M과 공동 작업해 판매 5분 만에 품절된 레이스 드레스

칼의 시간은
거꾸로 흐른다

구닥다리 귀부인들이나 찾는 한물 간 브랜드였던 샤넬을 패션에 관심있는 사람들이 가장 갖고 싶은 럭셔리 브랜드로 되살려 내면서 1980년대 후반 럭셔리 열풍의 선두 주자로 패션 산업에 깊은 영향력을 행사한 칼은 디자이너로서뿐만 아니라 사진작가로, 서점 주인으로, 18세기 인테리어 전문가로 다양한 방면에서 멀티크리에이터의 재능을 발휘하고 있어요. 사람들은 그를 일컬어 '21세기 산업계의 르네상스 맨'이라고 불러요. 스키니룩을 입고 싶어 40kg 이상을 감량한 이후, 카리스마 넘치는 모습으로 모델보다 더 자주 사진 찍히는 슈퍼스타 대열에 올랐지요. 보통 사람들이라면 오래 전 은퇴해서 노후를 보낼 나이에 젊은이들보다 더 젊게 살아가는 칼의 시간은 거꾸로 흐르나 봐요.

사진작가 칼 라거펠트

칼은 디자이너가 아닌 사진작가로서도 재능이 뛰어난 사람이에요. 그는 샤넬과 펜디 광고 캠페인뿐만 아니라 남성복 브랜드인 디오르 옴므와 최고급 샴페인 돔 페리뇽 등 다른 브랜드의 광고 사진까지, 작업 영역을 왕성하게 넓히고 있어요. 2005년 《V매거진》 표지를 위해 팝 가수 머라이어 캐리 사진을 찍었고 《하퍼스 바자》, 《누메로》, 《보그》에 게재한 패션 화보의 사진도 촬영했어요.

"제가 카메라를 손에 잡은 건 1986년부터입니다. 사진작가가 언론 보도용으로 샤넬 컬렉션 사진을 3장 촬영했는데, 영 마음에 들지 않았어요. 마음에 들지 않는다고 했더니 직접 찍어 보라고 하기에 조수를 한 명 구하고 카메라를 빌려서 촬영한 것이 제가 사진을 찍기 시작한 계기가 되었어요. 사진 '업체'라고는 할 수 없지만, 저도 작업을 꽤 많이 했어요. 스튜디오에서 6명의 스태프가 매일 일할 정도였으니까요."

낡은 후지 카메라부터 최신 디지털카메라까지 고루 사용하고, 다양한 시도와 모험을 즐기는 칼은 '사진을 좀 찍을 줄 아는 디자이너'의 수준을 뛰어넘어 사진가로서 명성을 얻었고, 1996년에는 독일 사진협회에서 주는 문화상도 받았어요. 1996년부터 그가 아트 디렉션과 촬영을 맡아 진행한 돔 페리뇽 광고 캠페인을 보면, 칼이 꿈꾸는 삶의 이미지들이 또렷하게 드러나 있어요. 세련된 미적 감각과 고상한 취향, 부드러움과 가벼움의 조화, 18세기 로코코의 화려함과 현재의 트렌드가 공존하는 미묘한 분위기가 손에 잡힐 듯 두드러져요.

칼은 2011년, 우리나라에서 'work in progress'라는 이름으로 사진 전시회를 열기도 했어요. 우리말로 '진행 중인 작업'이라고 번역되는 이 전시회 이름은 '시대와 끊임없이 대화하면서 발전해 나가는 것이 바로 패션'이라는 칼의 디자인 철학을 담고 있어요.

"작업은 항상 진행형이고 앞으로 나아가는 것입니다. 과거에 해놓은 것들에 매달려 있을 수는 없습니다. 현재와 미래에 내가 뭘 하느냐가 중요한 거죠. 과거를 보는 것이 아니라, 카메라를 봐야 해요."

이미 여러 권의 사진집을 낸 바 있는 칼은 2012년 3월, 『리틀 블랙 재킷 : 칼 라거펠트와 카린 로이펠드에 의해 재해석 된 샤넬의 클래식』이라는 책을 통해 직접 찍은 100여 장의 사진을 선보였어요. '리틀 블랙 재킷'은 샤넬의 클래식 중 가장 대표적인 아이템이고, 칼도 1983년 샤넬 컬렉션을 맡은 이후 계속 시대감각에 맞게 변형된 리틀 블랙 재킷을 선보여 왔어요. 칼이 디자인한 재킷을 전《보그》편집장 카린 로이펠드가 스타일링하고 세계 최고의 유명 인사 113명이 입고 있는 모습을 칼이 직접 촬영해서 사진집으로 만든 거예요. 우리나라에서도 배우 송혜교가 모델로 참가해서 화제를 모았어요.

칼, 당신의 직업은 뭐죠?

"나는 이미지를 사랑합니다. 눈으로 보이는 것들에 대한 작업은 무엇이든 좋아요. 사진은 이미지 작업 중에서 가장 기초적인 분야죠. 나는 사진뿐만 아니라 스케치, 디자인, 출판 등 이미지로 보고 만들어 내는 모든 종류의 작업을 사랑합니다. 이 작업들은 서로 유기적으로 얽혀있기 때문이죠."

칼은 그 놀라운 재능을 사진에서만 발휘한 게 아니랍니다. 그의 설명대로, 칼은 다양한 이미지 작업을 해 왔어요. 영화감독도 그의 새로운 직업 리스트에 추가되었어요. 2009년 봄여름 컬렉션을 위해서 샤넬과 드미트리 공의 로맨틱한 사랑을 소재로 직접 시나리오를 쓰고 감독한 무성 영화를 선보이기도 했죠.

스케치의 대가답게, 일러스트레이터로서의 활약도 대단해요. 1992년에는 안데르센의 동화 『임금님의 새 옷』을 직접 일러스트를 그려 펴냈어요. 물감이 아니라 화장품을 가지고 그린 그의 부드럽고 화려한 그림은 출판업자들과 평론가들 사이에 좋은 평을 받았죠. 저스틴 피카디가 쓴 『샤넬 : 더 레전드 & 더 라이프』는 일러스트를 담당했을 뿐만 아니라 글자의 서체부터 레이아웃에 이르기까지 편집 디자인 디렉팅을 맡기도 했어요.

또 글 쓰는 실력도 뛰어나 신문 칼럼과 서평도 기고하고 샤넬 홍보 문안도 직접 작성해요. 패션 디자이너, 사진가, 영화감독, 출판

어제의 패션보다 내일의 패션이 더 중요해

가로 활동하는 멀티 크리에이터로서 그는 "하고 싶은 일을 할 수 있고 최상의 환경에서 작업할 수 있다는 것은 최고의 럭셔리."라고 말해요. 절대로 지루할 틈이 없다는 사실에 기뻐하며 말이죠.

파리 릴르 가에 있는 그의 사진 스튜디오 1층에는 그가 직접 운영하는 아트북 전문 서점인 '세트엘기'이 자리 잡고 있어요. 그리고 서점 뒤편에는 그가 소장한 23만 권의 책을 보관하고 있는 방대한 책 창고가 있고요. 책만 파는 게 아니라 독일 출판사인 슈타이들의 임프린트로서, 자신의 관심을 끄는 분야의 책을 내면서 작지만 활기찬 출판 사업도 시작했어요.

"자신에게 도전하는 것이 진정한 도전입니다. 제게 시간이 많이 남아 있는 것이 아니잖아요? 저는 처음엔 일러스트레이터가 되고 싶었어요. 컬렉션 작업, 사진 작업, 여러 언어로 책 읽기, 스케치 작업, 이 모든 게 다 내가 좋아하는 일이지요. 이 모든 일을 잘 정리하고 계획해서 소화할 수 있다는 것은 행운이죠. 그리고 훌륭한 사람과 함께 작업한다는 것도 그렇습니다."

2008년에는 패션과 현대 미술을 융합시킨 샤넬의 '모바일 아트' 전을 기획해서 새로운 문화예술 트렌드를 이끄는 기획 능력을 보여 주기도 했어요. 동대문디자인플라자의 설계를 맡으면서 우리에게도 잘 알려진 세계적 건축가 자하 하디드가 설계한 움직이는 박물관 파빌리온에서, 국적과 연령을 초월한 작가 20명이 명품 백의 대표 주자 샤넬 2.55백에서 영감을 받은 작품을 선보이는 이 전시

칼 라거펠트, 변화가 두려울 게 뭐야

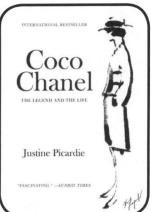

『임금님의 새 옷』_왼쪽, 『샤넬 : 더 레전드 & 더 라이프』_오른쪽

아트북 전문 서점 세트밀가

회는 홍콩에서 시작해서 2년 동안 도쿄 · 런던 · 모스크바 · 파리를 돌며 진행되었어요.

그 어떤 것에도 마지막이라는 말 대신 다시 처음부터 시작할 수 있으면 좋겠다고 말하는 패션의 황제 칼, 그는 이제 80살을 바라보는 청년이에요. 모든 파티와 오프닝 행사에 뒤로 빗어 넘겨 하나로 묶은 머리, 언제나 쓰고 다니는 선글라스, 슬림한 바지와 손가락 없는 가죽 장갑 차림으로 나타나죠.

이젠 디자이너도 슈퍼스타 시대

"이브는 위대한 창조자다. 하지만 칼은 이브의 성공을 받아들이지 못하는 하찮은 스타일리스트일 뿐, 자기 이름을 건 패션 하우스를 성공시키지 못했다."고 이브의 파트너 피에르는 칼에게 자주 독설을 퍼부었어요. 물론 이브는 이른 나이인 21살에 20세기 오트 쿠튀르를 대표하는 성공을 거두었지만, 사람은 나이에 상관없이 성공해도 돼요. 꼭 21살이 아니어도 되는 거죠.

의미심장하게도 칼은 그의 가장 위대한 쿠튀르 컬렉션을 최근 몇 년 새 만들어 냈어요. 그는 가볍고 멋진 소재들과 빛나는 패턴, 낭만주의를 그의 컬렉션에 풀어 넣었어요. 〈인터내셔널 헤럴드 트리뷴〉 기자 수지 멘케스는 그의 2003 여름 컬렉션을 지난 20년 동안 그가 보여 준 샤넬 컬렉션 중 가장 아름다운 걸작이라고 말했고, 그 이후 컬렉션들도 계속 '최고'라는 찬사들이 이어지고 있어요.

특히 2007년 10월 10일 중국 만리장성에서 열린 펜디 패션쇼는 전 세계에 생중계되면서 사람의 마음속에 깊게 각인되었어요. 그리고 샤넬 컬렉션에서 2010년 가을겨울 시즌에 선보인 인조 모피 소재도 끝없는 찬사를 받았죠. 모피 패션의 대명사인 펜디 수석 디자이너로 활동하면서 모피를 패셔너블하게 만든 칼은 그동안 동물 애호 단체와 모피 논쟁을 벌여 온 것으로 유명한데, 싸구려라고 치부했던 인조 모피를 럭셔리 패션의 소재로 과감하게 사용함으로써 엄청난 인조 모피 유행을 일으키고, 동시에 동물 학대 논란도 잠재울 수 있었어요. 세계적 팝 가수 마돈나와 카일리 미노그의 월드 투어 공연 의상 디자인도 빼놓을 수 없는 작업이었죠.

이제 칼은 영화배우 니콜 키드먼과 함께 파티하고, 대중이 열어 보는 모든 잡지에 등장해요. 유명 토크쇼에 초대손님으로 출연하고, 영화에도 카메오로 나와요. 그가 주인공으로 나오는 다큐멘터리 「라거펠트 컨피덴셜」도 있고요. 자신의 다이어트 체험기를 담은 책으로 베스트셀러 작가가 되었죠. 그가 일본에 가면 10대 팬들이 휴대전화로 칼의 사진을 찍으며 열광해요.

비디오 게임 '위대한 도둑 오토 4세'에서는 가상의 라디오 방송국 'K109-더 스튜디오'의 주인으로 등장하고, 그의 모습을 담은 핀 · 셔츠 · 인형 · 테디 베어도 나왔어요. 그러다 보니 이젠 그를 21세기의 아이콘으로 보는 사람까지 생겨나고 있어요.

어제의 패션보다 내일의 패션이 더 중요해

"칼은 자신이 마케팅 가이가 아니라고 말하지만, 사실 그는 자신의 이미지를 투사하는 멋진 직업을 가지고 있어요. 그는 록스타처럼 유명한 존재가 되었어요. 그는 대부분의 디자이너를 뛰어넘는 존재감을 지니고 있고, 마법적인 헤드라인을 만들어 내죠."

샤넬 사장인 아리 코펠먼은 칼의 존재감이 샤넬 브랜드의 영향력을 높이고 있다고 설명했어요. 마치 그 옛날 샤넬이 자신의 이미지를 패션 아이콘으로 만들었듯이 말이죠.

한마디로 칼의 전성기는 현재 진행형이어요. 2010년 6월에는 프랑스 최고 훈장인 레지옹 도뇌르 훈장을 받았어요. 그가 독일인이라는 이유로 샤넬 하우스에 입성하는 걸 싫어했던 프랑스 사람이 마침내 그를 사랑하게 된 거예요.

칼 라거펠트와 사람들

오트 쿠튀르라는 안정된 코스를 스스로 박차고 나와서 미개척지 프레타 포르테에서 내공을 쌓고 톱 디자이너로 인정받은 후, 몰락해가던 오트 쿠튀르의 상징 샤넬 하우스로 되돌아와 럭셔리 브랜드의 열풍을 만들어낸 칼 라거펠트. 마치 한 편의 드라마를 보는 듯, 무협 소설을 읽는 듯 반전이 이어지는 그의 디자인 인생을 들여다보면 그와 깊은 인연을 맺고 서로에게 영향을 미친 사람이 있어요.

절친에서 영원한 라이벌로
이브 생 로랑

1954년 국제양모사무국 콘테스트에서 코트 부문과 슈트 부문 우승자로 만난 칼과 이브는 패션으로 세상을 바꾸겠다는 야망과 재능으로 똘똘 뭉친 젊은이들이었죠. 공통점이 많았던 두 사람은 매일 같이 밥 먹고 드라이브를 즐기며 우정을 키워 갔어요. 어려서부터 왕따였던 칼에겐 첫 친구가 이브였어요.

칼이 피에르 발만 밑에서, 이브가 디오르 밑에서 일을 시작했을 때만 해도 두 사람의 우정은 변함없을 것 같았죠. 하지만 이브가 피에르 베르제라는 새로운 친구를 만나면서 두 사람의 사이가 멀어져 버렸어요. 칼은 이브를 맘대로 휘두르는 피에르가 싫었고, 피에르는 피에르대로 칼의 굽힐 줄 모르는 자존심과 강한 성격, 엄청난 지식이 영 맘에 들지 않았던 거예요.

이브는 피에르와 함께 자신의 오트 쿠튀르 하우스를 차리고 첫 컬렉션부터 대성공을 거두며 오트 쿠튀르의 황태자로 승승장구했어요. 그 사이 칼은 오트 쿠튀르의 세계를 떠나 프레타 포르테 시장을 개척했어요.

1978년, 파블로 피카소의 딸 팔로마 피카소가 결혼하면서 사람들은 칼과 이브의 관계에 대해 새삼 관심을 두게 되었어요. 부유한 상속녀이자 액세서리 디자이너로 명성을 쌓아가고 있던 그녀가 절친한 친구로 알려진 칼과 이브 중 누구의 옷을 입고 결혼식을 올릴지 궁금했거든요.

이브는 팔로마가 낮에 입을 슈트를 맡았고, 칼은 웨딩 파티 드레스를 맡았어요. "팔로마가 오늘을 위해 이브의 옷을 선택한 건 참 훌륭한 결정이었어요. 빨간색 새틴 블라우스랑 크림색 재킷이 너무 잘 어울려서 팔로마가 화려해 보이네요." 칼이 이브의 디자인을 칭찬하자 이브도 화답했어요. "칼은 내가 20년 동안 보아 온 지인입니다. 그가 만든 드레스는 팔로마를 최고로 빛나는 여인으로 만들었군요. 우리 둘 다 빨간색을 선택했는데, 디자인의 특징은 아주 다르네요."

칼의 아파트에서 열린 웨딩 파티에 초대받은 손님들은 두 사람의 멋진 의상과 더불어 칼의 화려하고 멋진 인테리어 취향과 멋진 음식, 세심한 접대에 반했고, 칼과 이브는 정말 오랜만에 함께 어울려 춤을 추었어요. 둘 다 세상에서 가장 가까웠던 청년 시절로 돌아간 듯 했어요. 하지만 파티가 끝나자 잠시의 휴전도 끝나 버리고 둘은 다시 서로를 인정하지 않는 앙숙으로 되돌아갔죠.

오트 쿠튀르의 제1인자 이브가 마흔일곱의 나이에 뉴욕 메트로폴리탄 미술관에서 회고전을 열며 예술가 반열에 오른 1983년, 칼은 샤넬 쿠튀르의 수석 디자이너로 임명되면서 오트 쿠튀르의 세계에 당당히 재입성했고, 샤넬의 잃어버린 명성을 되살리면서 21세기 패션 디자이너가 갈 길을 제시했어요. 이브는 칼이 샤넬 브랜드를 지나치게 상업적으로 변질시켰다고 비난하고, 칼은 이브가 오래된 디자인의 틀에서 벗어나지 못한다고 비난하는 등 서로의 사이는 멀어지기만 했어요. 팽팽하게 맞서던 두 라이벌의 대결은 2002년 1월 이브가 눈물의 은퇴를 하면서 막을 내리게 되었어요. 2008년 이브가 세상을 떠난 이후, 이브는 오트 쿠튀르를 대표했던 디자이너로 패션의 전설이 되었지만 칼은 여전히 창조적인 '현역' 디자이너로, 패션의 황제로 군림하고 있어요.

패션에 대한 고정관념을 깨뜨리게 해 준 파리의 이방인들
안토니오와 후안

1969년 뉴욕에서 날아온 패션 일러스트레이터 안토니오와 아트 디렉터 후안은 프랑스인들이 감히 상상도 하지 못하던 자유와 가벼움, 화려함으로 무장하고 있었어요. 그들은 파리 오트 쿠튀르의 좁은 작업실이 아니라 생 트로페의 아름다운 해변에서 만들어 내는 패션의 환상적인 분위기와 매혹의 힘을 칼에게 보여 줬어요. 모든 것을 압도하는 아름다움의 힘, 상식을 깨뜨리는 그들의 도발을 지켜보면서 칼은 자신 안에 남아 있던 오트 쿠튀르의 완고함과 낡은 마인드를 털어 버리고 현대 예술과 젊음, 시대 감각에 코드를 맞추어 앞으로 나아가는 방법을 터득했어요.

칼은 그들을 보면서 스커트 길이를 어떻게 할지, 허리선을 강조할지 말지의 문제가 디자인의 핵심이 아니라는 것을 깨닫게 되었어요. 새로운 문화를 어떻게 소화해서 자신만의 분위기를 만들어 낼 것인지, 젊은 사람이 무엇에 관심을 갖는지, 트렌드는 어떻게 만들어지는지, 그 트렌드를 어떤 방식으로 소화할 것인지에 초점을 맞추는 것이 더 중요한 거였죠. 이제 칼은 오트 쿠튀르에서 배운 엄격한 규칙들을 탈탈 털어 버리고 자유롭게 작업할 수 있는 날개를 달았어요. 또 하나, 칼이 그들에게서 배운 것은 머릿속에 있는 영감을 체계적으로 구체화시키는 방법이었어요. 안토니오가 패션 일러스트를 그리는 동안, 후안은 안토니오의 작업에 영감을 불어넣기 위해 일러스트의 분위기에 딱 어울리는 영화 포스터, 그래픽, 오브제, 전시회 카드를 모으러 다녔어요. 벼룩시장에서 그토록 찾아 헤매던 물건을 발견하기도 했고요.

칼은 이것저것을 물어 와서 집을 짓는 까치처럼 후안이 원하는 무드분위기를 설명해 줄 아이템을 찾아내는 접근 방식을 눈여겨 본 후, 자신의 디자인 과정에 적용했어요. 이 방법이 요즘 디자이너들이 흔히 쓰는 '무드 보드mood board'예요. 대신, 칼은 가난한 그들을 위해 아낌없이 돈을 썼어요. 파리에 그들이 머물 아파트를 마련하고, 생활비를 대고, 매일 저녁 고급 레스토랑에서 식사를 대접하고, 최고급 휴양지로 여행을 데려가고, 옷과 책을 선물했어요. 파리 패션계에 자리 잡도록 도운 건 물론이고요.

하지만, 그들은 칼을 돈 많은 괴짜라고만 생각했어요. 늘 뒤에서 칼을 비웃었고, 칼에게 무안을 주며 놀려 대곤 했어요. 어느 날 그들이 술에 취해 휴양지 숙소를 난장판으로 만들고, 화를 내는 칼을 뒤에서 흉보며 비웃었죠. 우연히 그들의 대화를 듣게 된 칼은 그들을 내쫓았어요. 또 한번 어린 시절, 왕따의 괴로움을 맛보며 말이에요.

영혼을 나눈 친구 – 칼이 깊이 신뢰한 유일한 사람

자끄 드 바셰

1972년 칼의 인생에 등장한 자끄 드 바셰Jacques de Bascher는 칼의 커리어와 삶에 가장 깊은 영향력을 미친 사람이었어요. 친구? 혹은 영감을 주는 사람? 그 둘의 관계를 한 마디로 정의하기 어려웠지만, 자끄는 칼이 가장 소중하게 생각하는 사람이었어요.

자끄는 칼이 늘상 꿈꾸던 이상적 존재였어요. 우아한 실루엣과 귀족적인 매너,

음성, 스타일, 말투까지, 자끄의 모든 것이 다 칼에게는 그가 꿈꾸어 온 그림 속 신사들의 모습으로 보였어요. 칼이 그토록 열망했던, 화려하며 박식한 귀족의 삶을 자끄가 실제로 보여 주고 있었던 거죠. "자끄는 내가 될 수 없었던, 하지만 되고 싶었던, 되어야 했던 모든 것이었다."라고 칼은 말했어요.

영국의 팝 아트 화가 데이비드 호크니David Hockney도 자끄의 매력에 푹 빠진 사람 중 하나였어요. 1975년 4월, 파리에서 호크니의 전시회가 열렸을 때 자끄의 초상화가 전시회 포스터로 채택되어, 파리 시내 곳곳에 자끄의 얼굴이 내걸렸어요. 초상화에서 자끄는 웃음기 없는 묘한 표정에, 19세기 풍의 포즈와 늘씬한 몸매, 아름다운 얼굴, 위트와 매력이 물씬 풍겨 나오는 청년으로 그려져 있어요.

자끄는 칼이 지닌 독일 문화의 감수성, 특히 19세기 독일 문학과 음악에서 나타난 로맨스와 비극, 황홀경에 빠져들었어요. 원래 똑똑하고 문화적 소양이 깊었던 자끄는 칼과 대화를 나누며 칼의 매력에 깊이 빠져들게 되었어요. 칼과 자끄 두 사람은 서로를 완성시켜 주는 특별함을 상대방에게서 발견함으로써 점점 더 가까워졌어요. 자끄는 칼의 클로에 향수 프로모션 투어에 따라 나서고, 패션쇼에 사용할 음악을 찾아내고, 칼이 사들인 성을 18세기 모습 그대로 복원하는 프로젝트를 도우며 칼의 꿈을 현실로 만들어 주는 일에 동참했어요. 사람들은 특별한 직업이 없는 자끄를 보면서 그가 아무런 일도 하지 않고 빈둥거릴 뿐이라고 생각했어요. 하지만 그들은 자끄가 만들어 내는 분위기, 그가 계획한 여행들, 그가 만난 사람들, 그 모든 것이 얼마나 칼에게 깊은 영향을 미쳤는지 알지 못했어요. 칼은 외출도, 술도, 연애도 하지 않는 사람이었으니, 자끄가 누리는 예외적인 삶의 경험들은 칼의 상상력을 풍요롭게 만드는 '영혼의 양식'이었죠. 자끄는 칼을 웃게 만들었어요. 자끄는 일밖에 모르던 칼에게 새로운 인생을 경험할 수 있도록 이끌어 주었어요.

하지만 1989년 9월 3일, 자끄는 38살의 젊은 나이에 세상을 떠났어요. 그는 화장해 달라고 유언했고, 유골의 반은 어머니에게, 반은 칼 라거펠트에게 건네졌어요.

자끄가 죽은 후, 칼은 자끄의 고향인 블랑케네즈에 집을 샀어요. 그는 자끄의 이름을 따서 그 집을 '빌라 자코'라고 불렀어요. 칼은 7년 동안 그 집을 개조해서 북유럽 장식 예술품과 가구들, 게오르그 젠슨의 1920년대 촛대와 1925년 파리 아르데코 박람회에 출품하기 위해 만든 스웨덴의 브론즈와 막스 리베만의 작품들로 채운 후 그 집의 사진을 찍고 사진집으로 출판했어요.

하지만, 칼은 그 집에 며칠밖에 머무르지 않았어요. 자끄와 함께 나누었던 독일에 대한 동경, 그가 태어나기 직전의 시간을 되찾으려는 열망, 자끄의 죽음 후에야 완성된 집을 보는 공허함은 이루 말할 수 없었을 거예요. 예전부터 공들여 꾸민 집과 컬렉션이 싫증 나면 바로 처분했듯이, 칼은 이 집도 팔아 버렸어요. 그 집을 팔기 직전인 1992년, 칼은 자끄의 이름을 딴 향수를 선보였어요. 자끄를 잃은 아픔은 그토록 오래 칼의 마음을 떠나지 않았던 거예요.

칼에게 명성을 안겨 준, 하지만 뛰어넘어야 했던 오트 쿠튀르의 여왕

가브리엘 코코 샤넬

가브리엘 코코 샤넬은 프랑스 오트 쿠튀르의 상징이자 영원한 클래식으로 불리우는 디자이너예요. 20세기 여성들이 옷 입는 방법을 만들어 낸 사람이라고까지 칭송받지요.

1883년 프랑스 남서부 소뮈르Saumur의 가난한 집안에서 태어난 샤넬은 어린 시절 엄마를 잃은 후 아버지 손에 끌려 수도원에서 운영하는 보육원에 맡겨졌어요. 보육원 시절은 더없이 불행하고 암울했지만, 여기서 배운 바느질 기술은 훗날 그녀가 패션 디자이너가 될 수 있는 발판을 마련해 주었어요. 보육원을 나온 후 샤넬은 술집에서 노래를 부르며 생계를 이었는데, 이때부터 '코코Coco'라는 애칭을 사용했어요.

학교도 제대로 다니지 못했던 그녀의 힘겨운 성장 과정은 오히려 샤넬이 관습을 깨고 기발한 아이디어를 내고 시대의 변화에 맞추어 새로운 스타일을 제안할 수 있는 원동력이 되었어요.

샤넬이 파리 캉봉 가에 매장을 열면서 오트 쿠튀르의 세계에 입성한 때는 1918년이었어요. 20세기 들어서 여성의 지위가 높아지고, 대외적인 활동을 하는 여성들도 늘어났어요. 일할 때 귀부인들이 입던 치렁치렁한 드레스를 입기란 여간 불편한 일이 아니었을 거예요.

샤넬은 사회적 변화를 읽어 내고, 치렁치렁한 장식을 없앤 활동적인 여성복을 만들기 시작했어요. 편안한 소매를 만들기 위해 세심한 주의를 기울이고, 이브닝 웨어도 종아리를 드러내는 길이로 디자인해서 걸음걸이를 편안하게 만들었어요. 이런 혁신적 디자인을 잇따라 발표하면서 샤넬은 1920년대 중반부터 디자이너로서 명성을 떨치게 되었죠.

샤넬이 1926년 발표한 리틀 블랙 드레스는 지금도 심플하고 편안한 디자인의 상징으로 꼽히고 있어요. 당시 상복이나 점원용 의상, 혹은 남성 정장에만 사용하던 검은 색을 샤넬은 최고급 여성복에 도입하는 모험을 했어요. 리틀 블랙 드레스는 엄청난 인기를 끌었어요.

샤넬은 여성의 몸을 자유롭게 만든 패션 혁명가이기도 했어요. 19세기 여성복들은 가느다란 허리를 강조하기 위해서 고래뼈나 강철로 만든 코르셋을 옷 속에 입어야 했는데, 숨쉬기도 어렵고 혼자 입고 벗기도 어려웠지요. 코르셋으로

어제의 패션보다 내일의 패션이 더 중요해

부터 여성들을 해방시킨 거에요. 그녀가 디자인한 부드럽고 자연스런 실루엣은 코르셋이 필요 없었으니까요. 남자들만 입는 것으로 알았던 바지를 여성복에 도입해서 움직이기 쉽게 만든 사람도 샤넬이었어요.

1921년에 발표한 향수 샤넬 넘버 5는 사각형의 단순한 향수병 디자인으로 샤넬이 추구해 온 단순하고 기능적이고 동시에 우아한 아름다움을 고스란히 담고 있어요. 지금 봐도 군더더기 없는 디자인은 20세기의 모던함을 상징하기에 모자람이 없었어요.

샤넬은 2차 세계대전이 시작되자 쿠튀르 하우스의 문을 닫았고, 나치에 적극 협력했다는 의심을 받아서 전쟁이 끝난 후 스위스로 망명을 떠날 수밖에 없었어요. 그런데, 1947년 디오르에 의해 발표된 뉴룩을 보고 고민에 빠졌어요. '아니, 내가 30년이나 걸려 겨우 해방시켜 놓은 걸 거꾸로 돌려놓다니! 내가 디자인을 다시 시작할 수만 있다면 얼마나 좋을까?'

1954년, 파리로 돌아온 샤넬은 새 컬렉션을 발표했어요. 여성미를 한껏 강조하던 디오르나 발렌시아가의 디자인에 맞서, 샤넬은 편안한 스타일의 카디건 슈트를 발표해서 실용적이고 모던한 스타일을 다시 유행하게 만들었어요. 요즘 우리나라에서 명품으로 인기를 끄는 샤넬 2.55핸드백도 이 시기에 발표된 아이템이예요. 1960년대 들어 샤넬은 미니스커트의 열풍을 강하게 비난하면서 스커트 길이를 줄이는 것을 거부했어요. 새로운 트렌드를 받아들이지는 않았지만, 샤넬은 세상을 떠난 1971년까지 패션에 대한 열정을 불사르며 샤넬 슈트를 클래식한 스타일로 정착시켰어요.

"샤넬은 스타일이다. 모드는 시간이 지나면 유행이 지나간다. 하지만 스타일은 그렇지 않다."라는 말을 남기며 자신의 디자인에 대한 자부심을 놓지 않았던 사람이에요.

칼에게 샤넬은 어떤 존재였을까요? 시대를 뛰어넘어 영원한 클래식으로 남은 그녀의 디자인을 고스란히 물려받기엔 칼의 자존심이 상하는 일이죠. 그렇다고 무시하기엔 샤넬 수석 디자이너로서의 위상이 흔들려요. 칼은 영리했어요. 칼이 선택한 길은 샤넬이 남겨 놓은 전통을 해체하고 새롭게 해석하고 자유롭게 변형하는 것이었죠. 모더니즘을 바탕으로, 기존의 이미지를 해체하고 자유롭게 상상해서 새로운 아름다움을 창조하는 포스트모더니즘의 길이었답니다. 누가 봐도 한눈에 샤넬의 디자인이라는 것을 알 수 있는 클래식 슈트를 자유롭게 변형했어요. 재킷에 청바지나 레깅스를 함께 입히기도 하고, 미니스커트를 클래식 슈트에 도입하기도 했죠. 남성적인 스트리트 문화의 상징 바이커 재킷을 더없이 아름다운 실크 드레스와 코디네이션하고, 대담한 액세서리들을 주렁주렁 매달기도 했어요.

귀부인들이 입던 샤넬의 우아한 디자인을 해체하고 20세기 말, 21세기 초반 스트리트 패션과 결합시킨 그의 대담한 시도는 남성복의 요소를 여성복에 도입하고 기존의 여성복 디자인 공식을 뒤엎은 샤넬의 거침없는 시도와 너무도 비슷해요.

20세기 초반, 샤넬이 용감하게 이루어낸 혁신을 20세기 말, 칼이 다시 한 번 더 이룬 거예요. 칼 덕분에 샤넬은 또다시 수많은 패셔니스타들이 갖기를 열망하는 럭셔리 브랜드로 자리매김하게 되었답니다.

칼의
성공법 7가지

공부는 나의 힘, 모든 것을 다 알고 싶다

시즌마다 새로운 아이디어를 만들어 내고, 옷을 통해 그 아이디어와 트렌드를 유행시키는 패션 디자이너의 세계는 외롭고 힘들어요. 새로운 것을 만들어 내는 작업은 아무도 대신 해 줄 수 없기 때문이죠. 새로운 발상과 영감은, 그래서 디자이너뿐만 아니라 모든 창조적 직업을 가진 사람들의 숙제이기도 해요. 패션의 제왕, 칼 라거펠트는 어디서 영감을 얻을까요? 책을 통해 얻은 엄청난 지식의 바다에서 칼은 실마리를 찾을 때가 많아요.

독서는 나의 힘

어렸을 때부터 칼은 한 번 본 것은 마치 사진을 찍어 놓은 듯 세세한 부분까지 놓치지 않고 고스란히 기억해 낼 정도로 관찰력과 기억력이 뛰어났어요. 여기에 하나 더, 그는 말 그대로 대단한 '책벌레'였어요.

아버지의 서가에서 발견한 『옷의 예법Garderoben Gesetze』은 칼에게 패션에 대한 호기심을 채워 주고, 더 많은 것을 알고 싶게 만든 책이었어요. 1923년에 출간된 이 책은 당시 독일 신사가 어떻게 하면 예법에 맞게 옷을 갖추어 입을 수 있는지를 상세한 그림과 함께 알려 주는 소책자였어요. 양복 실루엣과 실크 넥타이, 프록코트, 콧수염 등 당시 베를린 신사의 멋진 모습을 볼 수 있었어요. 이 책에 대한 애착이 많았던 칼은 2003년 책을 다시 펴내고, 서문까지 직접 썼어요.

늘 책을 끼고 살았던 칼은 파리로 와서 패션 디자인을 시작한 이후부터 책뿐만 아니라 잡지도 매일 사서 보았어요. 매일 오전 카페에서 책과 잡지에 머리를 파묻고, 마치 책을 집어삼킬 것처럼 읽어 대는 칼의 모습을 친구들은 지금도 생생하게 기억하고 있어요. 칼은 책이나 잡지를 읽을 때 글뿐만 아니라 사진과 그림까지도 놓치지 않고 꼼꼼히 보고 머릿속 기억 창고에 보관했어요. 그는 많은 책을 동시에 읽었고, 어떤 분야든 가리지 않고 손에 잡히는 대로 읽었

책 23만 권이 소장되어 있는 칼의 서재

어요.

지금도 칼은 매일 아침 5시에 일어나 예술 관련 잡지와 전기, 역사책을 읽으며 하루를 시작해요. 영어, 프랑스어, 이탈리아어, 독일어를 자유자재로 말하고 쓰는 칼은 신문도 온갖 종류를 다 본다고 말해요. 새로운 정보를 얻기 위해서는 그 방법이 가장 좋다고요.

파리 릴르 가에 예술 전문 서점인 세트엘ㄱㄴ도 열었고, 출판 작업도 하는 칼은 행복한 책벌레예요. 늘 책을 사서 읽는 것으로 모자라서 책을 만들고 파는 일까지 하잖아요.

'걸어다니는 백과사전' 칼의 지식 경영법

칼은 책을 탐닉하는 과정에서 그만의 아주 독특한 공부 방법을 개발해 냈어요. 책을 살 때는 반드시 두 권씩 사서, 한 권은 보관하고 나머지 한 권은 찢어서 나중에 참고 자료로 쓰기 위해서 스크랩했죠. 패션뿐만 아니라 역사, 문학, 미술 등 그의 관심을 끄는 분야라면 가리지 않고 책을 사서 읽고 자료를 모았어요.

파리로 온 후부터 시작한 그만의 독서법을 통해서 칼은 23만 권 이상의 책을 보유하게 되었어요. 책을 두 권씩 사서 스크랩도 했으니까, 칼은 책 23만 권 분량의 스크랩도 모으게 된 거예요. 그래서 칼은 한 사람이 개인적으로 했다고 생각하기 어려울 정도로 엄청난 양의 자료를, 언제든 필요하면 다시 꺼낼 수 있도록 시스템을 구축

할 수 있었어요. 칼은 기억력도 남달랐기 때문에 그의 머릿속에는 그 누구도 따라갈 수 없는 방대한 기억 창고가 만들어진 거예요. 요즘은 키워드만 치면 인터넷에서 자료들을 한눈에 볼 수 있도록 불러낼 수 있지만, 이런 시대가 올 것을 상상할 수조차 없었던 1950년대에 그는 이미 인터넷보다 더 뛰어난 시스템을 갖추고 있었다고 할까요?

칸이 파리의상조합학교에 다닐 때, 급우들은 그에게 '걸어 다니는 백과사전'이라는 별명을 붙여 줬어요.

"칼, 이 옷은 누구 작품인지 알아?"

"이건 폴 포와레가 1923년 봄 컬렉션에 발표한 작품이야."

"마들렌느 비오네의 디자인 아니야?"

"마들렌느 비오네는 바이어스 재단이 뛰어난 디자이너였어. 이 사람의 라인은 좀 더 부드럽고 유연하지."

칼은 1950년대 디자이너는 물론이고, 1920년대에 활동했던 오트쿠튀르 디자이너들의 디자인을 발표한 정확한 시즌까지 구별해 내는 학생이었어요. 그래서 학교 친구들은 패션의 역사에 대해 궁금한 게 있을 때마다 칼에게 달려가 답을 얻었어요.

칼과 함께 H&M 광고 캠페인 작업을 했던 아트 디렉터 도널드 슈나이더도 "칼은 살아 있는 도서관과 같다."고 말했어요.

"칼은 앉은 자리에서 책 한쪽 뒤져 보지 않고도 바로 역사 속으로 들어가는 사람이었어요. 그래서 우리는 참고 자료를 찾기 위해 잡지를 뒤적일 필요가 없었어요. 칼은 18세기 러시아의 예카테리나 대제가 침실을 장식할 때 어떤 색을 좋아했는지까지 다 알고 있을 걸요."

모든 것을 알고 싶다, 멈추지 않는 호기심

칼을 일컫는 수많은 별명 중 '21세기의 살아 있는 르네상스 맨'이라는 별명은 패션뿐만 아니라 인문, 역사, 예술 등 다양한 분야에 대해 깊은 지식을 가진 그의 탐구열에 대해 말해 주고 있어요.

"나는 모든 것을 알고 싶습니다. 채워도 채워도 채워지지 않는 욕망이겠지요."

모든 것에 대해 알고 싶다는 그의 열정은 그와 함께 펜호엣 성을 복원했던 패트릭 호케이드의 말을 통해서도 잘 알 수 있어요.

"그는 호기심에 걸신들린 사람입니다. 그의 열정은 끝이 없고 기획력이 대단해서, 그가 손대기만 하면, 어떤 일을 하면 절대적인 것으로 만들어요."

칼은 이미 오래전부터 18세기에 대해 관심이 있었지만, 펜호엣 성을 구입하고 나서는 문학 · 건축 · 미술 · 도자기 · 패션에 걸쳐 18세기의 모든 것을 알고자 온 힘을 다해 노력했어요. 그 결과, 그는 펜호엣 성을 거의 완벽하게 옛 모습 그대로 복원하는 데 성공했고 18세기 전문가로서 명성을 누리게 되었어요.

새로 인테리어를 구상하거나 패션쇼를 기획할 때마다 칼은 자기 앞에 무슨 과제가 놓여 있는지, 무엇을 성취할 수 있는지에 대한 가능성을 하나씩 점검하면서 진정한 즐거움을 느끼는 것 같아요.

　　끊임없는 독서를 통해 얻은 생각의 놀라운 속도와 엄청난 지식, 끝없는 호기심과 패기, 이것이 칼을 특별하게 만들어 주는 재능이랍니다.

스펀지같은 흡수력에서
새 디자인이 나온다

칼은 책을 통해서만 새로운 것을 배우지 않아요. 주변 사람들도 그에겐 훌륭한 참고서지요. 그는 자기의 관점이나 학식을 고집하지 않고 새로운 것을 보면 재빨리 흡수하고 자신만의 것으로 소화해서 새로운 것으로 창조해 내는 능력이 뛰어나요. 1975년 칼은 인터뷰에서 '나는 다른 사람들의 피를 얻는 일종의 뱀파이어'라고 자신을 평가했어요. 주변의 젊은 사람들을 관찰하고 그들로부터 새로운 트렌드를 받아들이는 흡수력을 통해서 칼은 늙지 않고 세상의 변화에 자신의 속도를 맞출 수 있게 된 거예요.

스펀지같은 흡수력

1989년, 이탈리아 디자이너 지안프랑코 페레가 디오르 수석 디자이너로 데뷔할 무렵의 일이었어요. 칼은 밤늦게까지 디자인 작업실에서 일에 몰두하고 있었어요. 곁에 있던 누군가가 칼에게 물었죠. "내일 디오르 컬렉션에 페레는 어떤 옷을 선보일 것 같아요?" 칼은 대답 대신 3장의 종이에 순식간에 페레의 구조주의적 특징이 담긴 디오르 컬렉션을 그렸어요. 그러자 다른 사람이 "소니아 리키엘은?", "랄프 로렌은?" 하고 물어 댔죠.

칼은 사람들이 잇따라 물어보는 대로 제각기 다른 디자이너의 스타일로 스케치를 했어요. 놀라서 입을 벌리고 있는 사람들 앞에서 칼의 손은 점점 빨라졌어요. 마침내 칼은 15개의 컬렉션을 그렸고, 그중 칼의 스타일은 하나도 없었어요. 각 디자이너의 개성이 고스란히 드러나면서 동시에 그 패션 하우스의 스타일도 살린 스케치가 나왔죠. 대단한 기억력과 예리한 관찰력을 바탕으로, 칼은 다른 사람의 디자인을 파악하고 정확하게 재현하는 경지에 이르게 된 거예요.

이러한 재능은 칼이 끌로에 하우스에서 다른 쟁쟁한 디자이너들을 모두 물리치고 수석 디자이너가 될 때도 큰 도움을 주었어요. 끌로에 하우스의 좁은 작업실에 모여서 디자인 경쟁을 벌이는 동안, 칼은 다른 디자이너들의 특징을 파악하고 그들의 장점을 흡수해서 자신만의 고유한 스타일에 녹였거든요.

마지막까지 칼과 경쟁을 벌였던 그라지엘라 폰타나는 특히 슈트를 날렵하게 만드는 디자이너였어요. 칼은 그라지엘라가 작업하는 방식을 관찰해서 노하우를 파악한 뒤 그녀의 디자인을 뛰어넘는 슈트를 만들어 냈고, 마침내 혼자 끌로에 디자인실을 차지할 수 있었어요. 칼은 관찰을 통해 다른 사람들의 장점을 흡수하면서 새로운 것을 만드는 방법을 배우기 시작했어요.

주변 사람들에게서 배운 것들

1970년대 초반, 칼은 생애 처음으로 그의 그룹을 만들었어요. 10년을 앞서 가는 패션을 읽는 안목을 지닌 일러스트레이터 안토니오를 비롯한 아트 디렉터 후안, 메이크업 아티스트 코레이, 모델 도나가 칼의 그룹원이 되었어요. 그들은 칼이 최고의 디자이너로 도약하는 데 엄청난 힘을 주었어요. 그들이 함께 어울려 만든 창조적인 힘과 작업 방식, 자유분방한 패션 감각은 칼에게 좋은 공부거리가 되었거든요.

책이나 잡지, 혹은 다른 디자이너의 작업뿐만 아니라 창조적인 젊은 사람들을 곁에 두는 것만으로도 많은 것을 배울 수 있다는 것을 깨닫고 나서, 칼은 젊고 재능 있는 사람들을 곁에 두기 시작했어요. 그들로부터 새로운 것을 배워서 자신의 디자인을 업그레이드하려고 말이죠.

구체적인 예를 들어 볼까요? 1970년대, 칼은 오트 쿠튀르 드레스나 속옷에만 쓰이던 최고급 레이스를 프레타 포르테의 일상복 디자인에 사용해서 대성공을 거두었어요. 레이스를 '유행에서 뒤처진, 값만 비싼 소재'라고 생각하고 한편에 밀쳐 두었던 사람들에게 칼이 보여 준 디자인은 신선하면서도 모던한 충격을 주었어요. 그 아이디어는 어디서 나온 것일까요?

그 무렵 칼은 이탈리아 패션 평론가이자 에디터 안나 피아기를 초대해서 자신의 성에서 휴가를 즐겼어요. 그런데 그녀는 값비싼 빈티지 레이스 란제리를 일상복 대신 입고 성에서 키우던 닭들에게 모이를 주곤 했어요. '어, 레이스를 저렇게 쿨하고 멋지게 입을 수도 있네!' 칼은 그 모습을 놓치지 않고 기억해 두었다가 자신의 디자인에 적용한 거예요.

바이커 족들의 와일드한 가죽 재킷이며 힙합을 즐기는 청소년들의 흘러내리는 청바지 사이로 언뜻언뜻 비치는 언더웨어도 칼은 인상깊게 보았고 단정한 중년 부인 스타일의 샤넬을 젊고 쿨하게 변신시키는 데 활용했어요.

시간이 흐르고 나이가 들어도 칼이 자신의 마인드와 패션을 계속 젊고 감각적인 트렌드에 맞추어 개선할 수 있었던 비결은 바로 이러한 관찰과 이해를 바탕으로 자기 방식으로 트렌드를 재창조하는 '패션 연금술'에 있었어요.

다른 사람의 재능을 알아보는 예리한 눈

칼은 자기 자신의 좁은 울타리에 갇히지 않기 위해 주변 사람들에게 그의 삶을 개방했어요. 그의 아파트는 누구나 드나들 수 있었고, 패션 사진을 찍을 때 배경으로 활용되어 수많은 잡지에 실리기도 했어요.

그래서 많은 젊은이가 칼 주변으로 몰려들었죠. 대학을 막 졸업한 스코틀랜드 출신 새내기 인테리어 디자이너 돈 테이트Don Tait도 1970년대 중반에 칼이 이끄는 그룹의 멤버가 되었어요.

"검은 머리에 검은 수염을 기른 칼은 아주 근엄해 보였어요. 보통 젊은이라면 당연히 겁을 먹었겠죠. 하지만 나는 스물한 살이었고, 그의 친절에 깊은 인상을 받았어요. 그는 내 포트폴리오를 다 보고 난 후 '당신은 우리와 함께 무슨 일을 하고 싶은가요? 나는 패션 일을 하고 당신은 인테리어 디자이너인데. 당신 셔츠가 보기 좋군요' 하고 말했어요. 내가 직접 셔츠를 디자인했다고 답한 후, 우리는 친구가 되었어요. 그때부터 나는 칼의 패션쇼 세트를 만들고 장식을 하는 프리랜서 무대 디자이너로 일하게 되었어요."

돈 데이트의 말대로, 칼은 유명한 디자이너였지만 아무런 경력도 없는 젊은이들도 그를 쉽게 만날 수 있었어요. 또, 칼은 짧은 시간에 다른 사람의 재능을 알아보는 놀라운 안목을 지니고 있었어요. 아직 자기 이름을 건 브랜드가 없었던 1970년대부터, 칼은 옷감의

무늬를 디자인하고 컬렉션을 조사하며 세트를 만드는 등 자신을 위해 일해 줄 스태프를 불러모아 자신의 아파트에서 일하게 했어요.

프랑스판 《보그》의 액세서리 담당 에디터 패트릭 허케이드는 그 시절을 돌이키며 이렇게 말했어요.

"칼의 스튜디오에 가면 수백 명의 사람이 있었어요. 그는 절대 혼자 있지 않았죠. 아무 때나, 심지어 새벽 4시에도 그를 만나러 갈 수 있었어요. 더 놀라운 사실은 그 시간에도 10명의 사람이 그를 둘러싸고 있었다는 점이에요."

그는 혼자 집중해서 일하는 타입이 아니었어요. 아파트나 스튜디오에 사람들이 가득 찬 것을 좋아했어요. 사람이 많을수록 더 좋아했어요.

트렌드를 예측하는 안테나

칼은 자신이 일하는 곳이면 어디든, 늘 사람들로 붐비는 자신의 아파트와 비슷한 분위기로 바꾸어 놓았어요. 샤넬이 죽은 이후 고인 물처럼 정체되어 있던 샤넬 하우스도 칼이 수석 디자이너가 된 이후 순식간에 달라졌어요. 그는 샤넬이 그랬듯이 자기 곁을 젊은 사람들로 채웠어요.

늘 새로운 것을 찾아내고 한 단계 발전하고자 노력하는 칼에게 주변 사람들은 새로운 유행과 젊은이들만의 문화, 흥밋거리, 웃음,

아이디어, 정보를 보여 주는 역할을 했어요. 그리고 더 이상 채워 줄 것이 없으면 새로운 얼굴로 바뀌었어요.

칼은 관찰력뿐만 아니라 변화가 일어나는 타이밍을 절묘하게 알아내는 감각도 뛰어난 사람이었어요. 그는 주변 사람들이 한 조각씩 물고 오는 변화를 통해 앞으로 어떤 것이 유행할지, 혹은 지금 유행이 언제쯤 시들지 판단할 수 있었어요.

"나는 스파이들을, 고자질쟁이들을, 안테나를 가지고 있어요. 그들은 밖으로 나가 나를 위해 정보를 물고 오지만 그들은 그 정보에 내가 어떻게 구체적인 표현을 부여하는지 자신들은 알지 못해요."

1984년 인터뷰에서 그는 주변의 젊은이들을 안테나라고 말했어요. 자끄는 이 안테나들 중 가장 감이 좋은 사람이었어요. 그는 스튜디오에 자주 나타나 농담을 던지고, 모델을 선택할 때 조언하고, 새로운 음악을 가져왔어요.

샤넬의 광고 모델이자 브랜드 대변인으로 활동했던 이네스도 스튜디오에 매일매일 붙박이로 살았어요. 칼은 경영진들을 설득해서 연봉 100만 프랑을 지급하는 조건으로 이네스를 하우스 모델로 고용했어요. 아무리 샤넬을 대표하는 전속 모델이라도 100만 프랑이라는 돈은 1980년대 초 파리 오트 쿠튀르 하우스에선 찾아보기 힘든 거액이었죠. "그들은 나를 뮤즈라고 불렀지만 나는 왕의 어릿광대였다."고 이네스는 자서전에 썼어요. 칼은 파리에서건 뉴욕에서건 그녀가 늘 자기 주변에 있기를 바랐거든요.

1980년대에 칼이 디자인 한 샤넬 드레스

1996년부터 지금까지 칼의 안테나로 활약하는 사람들 중 대표 선수는 아만다 할레치예요. 패션 에디터이자 존 갈리아노의 뮤즈 겸 사업 파트너였던 아만다 할레치는 존 갈리아노와 결별한 후 칼의 스카우트 제의를 받아들였어요. 그리고 지금까지 칼의 곁을 지키며 칼 라거펠트의 뮤즈이자 '제 2의 눈'이라고 불리우고 있죠.

"머리부터 발끝까지 샤넬로 입고 출근한 첫날, 내가 조용히 자리에 앉아 있었더니 칼이 내게 왜 말이 없느냐고 물었어요. 스튜디오도, 수많은 사람들도 다 낯설어서 긴장하고 있었거든요. 칼은 내 역할이 '신선한 시선을 제공하는 일'이라고 말했어요. 하나의 아이템을 놓고 오랜 시간 작업하다 보면 신뢰할 사람에게 그 작업을 보여주고 의견을 물어볼 필요성을 느낀다고요."

그녀는 '나는 칼이 자신의 아이디어를 테스트해 보는 사람'이라고 말했어요. 안테나를 넘어, 자신의 일에 코멘트해 주는 사람을 고용하는 건 칼다운 선택이에요.

샤넬 하우스 풍경

칼은 사람들과 끊임없이 수다를 떨고 음악을 듣고, 책을 뒤적이면서 디자인 작업을 진행해요. 그는 드레스를 만지지도 않고, 피팅을 직접하거나 모델에게 패브릭을 대 보지도 않고, 오직 말과 스케치로만 작업을 진행하는 디자이너로 유명하죠. 그렇다고 그의 재봉 기술이 약한 건 절대 아니에요. 그는 수십 년 전 오트 쿠튀르에서 재봉 기술을 완벽하게 익혔고, 그 이후 프레타 포르테를 거치며 경험으로부터 대단한 기술과 지식을 얻어 온 사람이에요.

첫 번째 샤넬 컬렉션에서 드러난 헐렁한 암홀 문제를 극복한 후 칼은 커팅과 피트, 봉재 기술에 대한 탁월한 지식을 갖게 되었죠. 옷에 있어서는 최고의 지식과 경험을 갖고 있기 때문에 그가 원하는 바를 샤넬의 옷 만들기를 담당하는 기술자에게 정확하게 전달할 수 있답니다.

그럼, 1980년대 샤넬 스튜디오 풍경을 살펴볼까요?

칼은 책상 뒤에 앉아 스튜디오 안의 움직임을 관찰하기 시작해요. 모델이 새로 작업 중인 옷을 입고 등장하면 칼은 디자인팀에 몇 가지 수정 사항을 얘기하고 모델과 자끄, 이네스, 디자이너, PR 담당자, 기자에게 차례로 질문을 던져요.

"치마 길이를 좀 더 짧게 하려고 하는데, 어떻게 생각해?"

"이 원피스에는 벨트가 나을까, 아니면 스카프가 더 어울릴까?"

"레깅스 위에 흰 블라우스를 걸치면 샤넬다울까, 아닐까?"

칼은 그들의 대답과 의견을 듣죠.

하지만 그는 옷에 관한 얘기만 듣는 게 아니에요. 피팅을 하는 사이, 그는 그들이 지난밤 어디서 놀았는지, 어떤 음악이 새로 클럽에서 인기를 끄는지 얘기하는 것을 귀 기울여 듣고, 패션 에디터가 지난주 밀라노에 출장 갔을 때 본 멋진 카페와 여인들의 모습에 대해 말하는 걸 들어요. 그러면서 그들이 입고 있는 옷을 관찰해요. 스타일리스트가 입은 멋진 레깅스와 셔츠, 이네스가 새로 산 검은색 발레 펌프스, 디자이너의 미니 마우스 헤드셋과 특이한 스타일의 부츠, 홍보 담당자가 입은 낡은 진와 샤넬 캐시미어 재킷….

젊은 사람들이 어떤 것을 좋아하는지, 어떤 방식으로 옷을 입는지, 이 모든 정보는 칼에게 일용할 양식과도 같아요. 칼은 아는 것이 많지만, 그들 앞에서 거만을 떨거나 잘난 체하지 않아요. 그는 언제나 자신이 가진 지식이나 고집을 뒤로 젖혀 두고 사람들의 의견을 듣기를 열망했으니까요.

끊임없는 일, 일, 일….
일이 나를 구원한다

한 치의 흐트러짐도 허용하지 않는 성실함을 바탕으로, 가비 아기옹 밑에서 일하던 끌로에 시절부터 지금까지 칼은 엄청나게 많은 작업을 해 내는 디자이너로 소문나 있어요. 그는 어떻게 기복 없이 엄청난 양의 일을 꾸준히 해 낼 수 있었을까요? '바캉스'라는 단어는 칼의 사전에 존재하지 않는 말이에요. 새벽 5시부터 한밤중까지, 토요일과 일요일에도 칼은 일해요. 술도, 담배도, 연애도 하지 않는 칼은 자신을 기계라고 생각한대요. 슬럼프에 빠지는 일도 없이, 남들 앞에서 고뇌하는 모습도 보이지 않고 말이죠. 이렇게 철저한 자기 통제와 성실성을 바탕으로 칼은 디자이너 중 세계 최고의 일벌레로 등극했어요.

패션쇼는 언제나 9시에 시작한다

샤넬은 패션계에서 가장 대표적인 '에너자이저'였어요. 일하지 않는 일요일이 그녀에게는 가장 견디기 어려운 날이라고 말할 정도로요. 일에 대한 집착으로 따지자면 칼도 샤넬 못지않았어요.

1970년대 초반, 파리가 온통 음악과 술과 약물로 흥청거릴 무렵 칼은 가까운 친구들이 밤새 요란한 파티를 즐길 때 거의 얼굴을 내밀지 않았어요. 칼은 술을 거의 마시지 않았고 담배도 피우지 않았어요.

그렇다면 그 시간에 칼은 뭘 했을까요? 아마도 끌로에 프로모션 여행을 떠나거나, 책을 읽거나, 컬렉션을 위한 스케치를 하는 중이었을 거예요. 칼이 한 것은 오로지 일밖에 없었어요. 끊임없이, 꾸준하게, 지치는 법 없이.

끌로에의 패션쇼는 언제나 월요일 아침 9시에 열렸어요. 그리고 칼은 언제나 디자인을 쇼 일정에 맞게 미리미리 준비했기 때문에, 다른 디자이너들의 쇼처럼 시간이 뒤로 늦춰지는 법이 없었어요. 끌로에 디자인팀은 그를 '닥터 라거펠트'라고 부르기도 했죠. 왜냐하면 그의 철저한 프로페셔널리즘과 아침 9시에 시작하는 일정이 마치 외과 의사의 진찰을 연상케 했기 때문이죠.

샤넬의 수석 디자이너가 되면서 칼은 끌로에 시절보다 훨씬 더 바빠졌어요. 엘리자베스 아덴과 라이센싱 계약을 맺고 세 번째로 출시한 향수 KL이 1982년 연말 베르사이유에서 성대한 파티와 함께 첫선을 보였고, 미국에서는 1983년 2주간의 프로모션 투어와 함께 판매되기 시작했어요. 그리고 1983년 말에는 끌로에와 결별한 이후 샤넬 기성복 라인 컬렉션까지 맡게 되었을 뿐만 아니라 미국 제조업체인 비더만 인더스트리와 자신의 이름을 딴 기성복 라인을 런칭하기로 계약을 맺었죠.

칼은 이제 샤넬 기성복 라인뿐만 아니라 자신의 파리 라인을 위해서도 연간 두 번씩 컬렉션을 열어야 했어요. 파리에서 패션쇼가 끝나고 뉴욕으로 날아간 3주 후 또 다른 스포츠웨어 라인의 프레젠테이션을 했어요. 여기에 펜디까지 더해서, 1984년 칼은 8개의 기성복 라인 컬렉션과 두 번의 오트 쿠튀르 컬렉션을 위한 디자인 작업을 했고, 프리랜서 작업과 향수 작업도 추가되었어요. 또 1980년대 후반부터는 사진가로 영역을 넓혀 샤넬 광고 사진까지 찍기 시작했어요.

하루에 19시간 일하는 에너자이저 칼

맡은 일이 늘어날수록 칼은 놀라울 정도로 집중력을 발휘해서 이 엄청난 일들을 무리 없이 해치웠어요. 그래서 그는 하루에 4~5시간밖에 잠잘 시간이 없었어요. 모자란 잠은 그야말로 낮에 토막잠으로 해결해야 했어요. 2주간의 미국 향수 런칭 여행에 칼을 따라 나섰던 이네스의 말에 따르면 그는 차에서, 비행기에서, 여기저기서 10분씩 칼잠을 잤대요. 다른 사람들이 버스를 타듯 칼은 비행기를 타고 계속 프로모션을 하며 컬렉션을 준비했어요. 그 와중에도 지치지 않고 디자인 스케치를 하고 새로운 영상과 음악을 탐닉하며 에너지를 뿜어내고 있었어요. 그야말로 에너자이저 그 자체였죠.

"그는 미친 사람처럼 일했어요. 뉴욕에서, 몬테카를로에서, 파리에서, 로마에서 디자인 작업을 하고 광고 캠페인을 촬영하며 하루 19시간씩 일했죠. 칼은 믿을 수 없을 만큼 많은 양의 일을 소화했어요."

칼의 조수로서 일과를 지켜본 에릭 라이트는 칼의 놀라운 체력과 근성에 놀라움을 금치 못했어요.

2002년의 인터뷰에서 칼은 1970년대와 1980년대를 뒤돌아보며 자신을 '기계'라고 생각한다고 고백했어요.

"나는 언제나 지독한 캘빈파의 청교도처럼 열심히 일하고, 노는 것은 멀리했습니다. 어려서부터 꾸준히 배워 온 교육의 결과가 아니라 내 타고난 본성 때문입니다. 온종일 열심히 일하고 나면, 저녁이나 밤에 나는 자신에게 아주 조금 여유 시간을 허락했습니다. 왜냐하면, 내가 오늘 여기에 아직 살아 있으니까요. 하루 치의 일을 다 마치고 말이에요. 나는 노는 걸 특별히 좋아하지 않습니다."

또 다른 인터뷰에서 그는 말했어요.

"나를 위하든 남을 위하든 일을 많이 하느냐가 중요합니다. 그래서 내가 자꾸 발전한다면 그게 곧 성공이 아닐까요? 돌이켜 생각해 보면 나는 한 번도 진정한 만족을 느껴 보지도 못했습니다. 그러나 언제나 다시 시작할 수 있었기 때문에 싫증을 느껴 본 적도 없었습니다."

맞아요. 칼은 일을 즐기는 사람이에요. 새로운 시즌, 새로운 일을 맞을 때마다 마음속에서 일어나는 가벼운 흥분을 칼은 그 누구보다 즐기는 사람이랍니다.

칼의 사전에 슬럼프는 없다

매 시즌 기복 없이, 다른 디자이너들은 상상조차 할 수 없을 만큼 많은 디자인을 해 내기 위해 칼은 엄격한 자기 규율을 바탕으로 작업을 해 왔어요. 칼에게는 창조적 작업을 하는 디자이너나 예술가에게 흔히 찾아오는 슬럼프나, 소위 '고뇌하는 예술가'의 몸부림 따위는 찾아볼 수 없어요. 영감이 떠오르지 않는다고 술독에 빠지는 일도 없었고, 우울증에 빠지거나 '더 이상은 못하겠어.' 하며 도망치지도 않았어요.

바로 그 점에서 그는 라이벌 이브와 대조적인 사람이었어요. 이브는 늘 자신을 파괴하는 고통 속에서 새로운 디자인의 영감을 얻었어요. 그래서 이브는 우울증이 심해지고 건강이 극도로 나빠질 때 더욱 빛나는 디자인을 내 놓곤 했죠.

"나는 패션 디자이너가 자신의 창조성이 어떤 것인지, 그가 어떻게 디자인을 만들어 내는지 계속 얘기하는 게 가장 나쁘다고 생각해요. 디자인하되 입은 다물어라. 이게 나의 좌우명입니다."

흔히 거장의 반열에 오른 사람들은 자신을 예술가라고 생각하지만 칼은 그렇게 생각하지 않았어요. 그는 스스로를 아티스트가 아니라고 말해 왔어요. 그는 디자인의 창조성 못지않게 옷을 완벽하게 만드는 장인 정신을 높이 평가해야 한다고 말했지요. 그래서 그는 자신을 프로페셔널하고 근면한 디자이너라고 말했어요.

물론, 칼도 쉼 없이 강행군하느라 고통스러워했겠지만, 신음하거나 불평하는 대신 엄청난 일을 그대로 밀고 나가서 그 고통을 자신을 더 강하게 만드는 데 사용했어요. "칼은 일을 통해서 구원을 얻는다."고 그와 함께 작업하던 동료는 말했죠.

일을 사랑해, 그래서 독신으로 살 거야

칼은 일할 때 늘 사람들에 둘러싸여 지내죠. 독일어, 프랑스어, 영어, 이탈리아어 등 여러 나라의 말을 유창하게 구사하는 칼은 다양한 언어와 문화를 거부감 없이 받아들이고 사람들과 수다 떠는 것을 좋아해요.

하지만 칼은 혼자 있기를 좋아하고 다른 사람들에게 자신을 드러내고 싶어 하지 않는 또 다른 면을 지니고 있어요. 그는 숱하게 많은 사람과 어울렸지만, 연애도 하지 않고 결혼도 하지 않았어요.

"나는 14살 때 내가 독신으로 살아갈 운명이라고 느꼈습니다. 나는 관객도 없는, 커튼이 드리워진 무대 위, 세트 안에서 살아갑니다. 하지만 누가 신경이나 쓰겠습니까?"

맞아요, 그는 여러 사람 속에 있어도 늘 혼자였어요. 유년기 시절 외톨이였던 때부터 말이죠. 어릴 적 지독한 따돌림을 경험한 이 외로운 영혼의 중심에는 사람들과 너무 가까워지는 것에 대해 거부하는 마음이 깃들어 있는 것처럼 보여요. 실제로, 1970년대 초반 그와 어울리던 안토니오와 후안은 칼에게는 깊은 상처를 남겼어요. 그들의 빼어난 재능에 반해서, 아파트와 돈과 패션계 인맥까지 아낌없이 후원하는 칼을 그들은 '돈 잘쓰는 괴짜'로 생각하고 칼의 진심을 무시하며 뒤에서 비웃었죠. 그들의 배은망덕한 태도를 견딜 수 없게 된 칼은 결국 그들을 자신의 삶에서 내쫓았지만, 자신도 깊은 상처를 받고 말았죠. 혹시 또다시 상처를 받지 않을까 하는 두려움이 너무 큰 까닭일까요? 그는 스스로 말한 대로 사랑에 면역되어 있는 것처럼 보여요.

"나는 사랑에 빠진 일이 없어요. 나는 내 일을 사랑할 따름입니다. 자신의 일을 사랑하는 것은 무척 중요하다고 생각해요."

1975년 한 인터뷰에서 칼은 이렇게 말했죠. 아마도 일은 칼이 스스로가 사랑할 수 있도록 허락한 유일한 것이 아닐까 싶어요. 그 점에서 칼은 샤넬을 생각하게 만드는 사람이에요.

어린 시절 어머니를 여의고 아버지의 손에 이끌려 고아원에 버려졌던 샤넬은 여러 번 사랑에 빠지기도 했지만 늘 외로움을 타는 사람이었죠. 그리고 그 외로움에 대한 해답은 일이었어요. 샤넬은 말했어요.

"내 친구들? 사실 내겐 친구란 없어."

칼의 외로움도 샤넬 못지않았어요.

겸손과 헌신이
사람을 사로잡는다

주변에 영감을 불러일으키는 사람들을 두고, 그들을 관찰하면서 새로운 디자인을 추구해 온 칼. 사람들은 왜 칼에게 끌리게 되었을까요? 멀리서 보기엔 근엄하고 잘난 척하는 유명 인사 같지만, 가까이서 본 칼은 유머러스하고 아는 것도 풍부하고 같이 있으면 정신없이 빠져드는 매력을 지니고 있다고 사람들은 말해요. 무엇보다 칼은 자기 마음에 드는 사람이 나타나면 '헌신'이라는 단어가 딱 들어맞을 정도로 온 힘을 다했어요.

칼의 그룹에 들어간다는 것,
혹은 당신의 꿈대로 살아간다는 것

어린 시절 왕따였고, 남들 앞에 나서는 것조차 싫어했던 칼은 파리로 와서부터 조금씩 사람들에게 마음을 열기 시작했어요. 이브 생 로랑과 어울려 다니면서부터는 사교적이고 유머러스한 내면을 드러내기 시작했어요. 1970년대부터 젊은 패션 관련자들과 어울리면서 칼은 본격적으로 사람들을 주변에 끌어 모으는 매력을 발산하기 시작했어요. 칼의 명성과 돈 때문이었을까요? 그렇지 않아요. 주변으로 모여든 사람들은 하나같이 칼의 경쾌하고 진실한 매력에 대해 말해요.

"칼이 선물로 보낸 가방이 현관문 고리에 걸려 있었어요. 가방을 열어 보니, 내가 읽고 싶어 했던 책이 가득 들어 있었죠."

"칼이 내게 잘 어울릴 것 같다면서 진주 목걸이를 선물했어요."

"칼은 영국 럭셔리 브랜드의 셔츠를 20벌 사면서 내 것까지 10벌을 주문했어요."

칼로부터 선물을 받았다는 사람들의 이야기는 끝이 없을 정도예요. 돈으로 환심을 샀다는 이야기라고요? 칼이 사람들에게 준 선물 중에는 돈이 많아도 손에 넣을 수 없는 물건인 것도 있었어요. 예컨대 다이아몬드 목걸이를 선물했는데, 알고 보니 보석상에서 산 게 아니라 칼이 외가에서 물려받은 가보였다면? 당신에게 잘 어울릴 거라며 건넨 드레스가 칼이 디자인한 특별한 드레스라면? 선물을 받은 사람의 기분은 감격 그 자체겠죠.

1970년, 아름다운 흑인 미국 출신 모델 팻 클리브랜드가 파리에 막 도착했을 때를 예로 들어 볼까요?

"칼은 내게 잘 어울릴 거라며 푸른색 드레스를 선물로 주었어요. 칼이 특별히 디자인한 그 드레스를 입고 나는 이사도라 던컨처럼 춤을 추었죠. 그리고 그날 저녁 레스토랑에서 스테이크를 주문했는데, 포크가 너무 많이 세팅되어 있어서 당황했어요. 그렇게 격식을 차린 레스토랑에 간 건 난생 처음이었거든요. 그런데 칼이 친절하게 포크 사용법을 알려 줘서 창피를 당하지 않을 수 있었어요."

한참 세월이 흐른 후에도 팻은 칼에게서 받은 선물을 잊지 못했어요. 칼은 포크 사용법을 알려 주었고, 아주 특별한 드레스를 주었고, 그녀가 파리 패션계에서 활동할 수 있도록 빛나는 무대를 제공했으니까요. 이처럼 칼이 주는 선물은 아주 특별해서 거절하기란 여간 어려운 게 아니었어요. 선물뿐만 아니라 담긴 마음도요.

"내가 꿈꾸던 삶을 실제로 산다는 스릴을 맛보았어요."라는 팻의 말처럼 '당신의 꿈대로 살아간다는 것', 바로 이것이 칼이 주변 사람들에게 불러일으킨 돌풍이었어요.

역사 속 시간 여행으로 초대하는 이야기꾼 칼

칼이 선물만으로 사람을 사로잡은 건 아니었어요. 역사와 패션의 흐름을 그 누구보다 잘 알고 있어서 언제든 이야깃거리가 떨어지는 법이 없는 사람이었어요. 게다가 문학이나 철학, 예술에 대해서도 아주 정통한 사람이었고요.

여기에 하나 더, 말솜씨가 얼마나 빼어난지, 칼이 하는 이야기를 듣다 보면 어느새 당신은 루이 14세가 다스리는 프랑스 궁정의 무도회 속으로 걸어 들어가 있을지도 몰라요. 그가 하는 이야기들은 아주 세밀한 부분까지 정확하게 묘사하고, 유머와 재치가 넘쳐흘렀으니까요.

"칼은 과거와 미래를 오가는 놀라운 말솜씨와 지식으로 이야기 듣는 사람을 사로잡았어요. 그는 매우 뛰어난 이야기꾼이고 나는 어렸기 때문에 그가 무슨 말을 하건 나는 그 말을 다 믿었어요."

팔로마 피카소는 칼이 불러일으킨 환상에 정신없이 빠져들었다고 회고했어요.

미국에서 건너온 안토니오와 후안도 그가 들려주는 유럽의 무궁한 문화 역사 이야기에 홀려 버렸어요. 자끄도 독일 문학의 웅장하고 비극적인 로맨스를 들려주는 칼의 이야기에 반해 그와 가까운 친구가 되었어요.

이처럼 칼과 친구가 되면 생기 넘치며 재미있는 역사 속 이야기에 친근해지고, 갑자기 교양이 풍부해진 것처럼 느껴지죠.

에디터들에게 가장 인기 많은 디자이너가 되는 법

인터넷으로 칼의 어록을 검색해 보면 멋지고 신랄한 말들이 끝없이 튀어나와요. 그의 말 한마디가 곧 엄청난 화제가 되는 판이니, 칼은 모든 기자가 한 번쯤 인터뷰하고 싶은 유명 인사 리스트에서 빠지지 않는 사람으로 꼽히게 되었어요.

공식 석상에서의 모습만 보면 칼은 재수 없고 불쾌한 사람일지도 몰라요. 언제나 검은 선글라스로 표정을 가린 채 다른 사람들의 말을 툭툭 자르는 습관도 그의 악명을 드높이는 데 한몫했어요. 하지만 그를 싫어하던 기자들도 일단 그의 집에 초대받으면, 칼의 엄청난 위트와 학식과 겸손함을 발견하고 바로 그에게 빠져들곤 해요.

미국판 《보그》 기자 로자먼드 베르니에는 1992년 칼의 아파트로 초대받아 점심을 같이 먹었는데 몇 시간 후 그에게 홀딱 반해 버렸어요.

"다른 사람이 말할 틈을 주지 않는 대부분의 유명인과 달리, 칼은 자신과 자기 일에 대해 대화를 나눌 때도 겸손했어요. 그는 자신의 성공에 대해 자랑하는 얘기는 한마디도 하지 않았어요. 환심을 사기 위해 입에 발린 얘기도 하지 않았죠."

싱가포르로 프로모션 투어를 갔을 때 장시간의 비행으로 지쳐 잠든 칼에게 갑자기 인터뷰를 요청한 기자가 있었어요. 칼은 곧바로 일어나 패션의 'ㅍ'자도 모르는 기자를 위해 무려 1시간 30분이나 인터뷰를 했어요. 싱가포르의 비즈니스 파트너가 나타나 이제 인터뷰를 끝내야 한다고 말하자, 칼은 그를 똑바로 보면서 말했대요.

"미안합니다만, 기자분이 아직 인터뷰를 끝마치지 못했습니다."

이렇게 헌신적으로 상대방에게 자신을 맞추는 칼의 면모를 주변 사람들은 생생하게 증언했죠.

"나는 어느 날 저녁을 연달아 세 번 먹는 칼을 본 적이 있어요. 왜냐하면 저녁 식사를 같이 하자고 요청하는 언론인들이 너무 많았고, 칼은 그들의 요청을 거절하고 싶지 않았거든요."

누구나 아는 스타가 된 지금도 칼은 침실의 팩스 번호를 몇몇 패션 기자들에게 알려 주고, 그들이 마감 일정을 맞추기 위해 한밤중에 팩스를 해도 즉각 답변을 준답니다.

기자와 디자이너가 친밀하기로 소문난 패션계에서도, 칼은 기자와 특별히 개인적인 친분을 쌓는 사람으로 유명해요. 그는 홍보 담당자에게 시키지 않고 직접 꽃다발을 주문하고, 꽃과 같이 보낼 카드의 글도 직접 쓴대요.

물론, 칼이 언론에 잘 보이려고 그런다고 생각하는 사람들도 있어요. 하지만 칼의 마음엔 진심이 담겨 있어요.

대부분의 사람들은 기자들에게 친절하지만, 일단 그 기자가 언론계를 떠나면 다시는 보려고 하지 않아요. 인간적으로 친한 게 아니라 이용 가치가 커서 만나 온 것이니, 기자가 아니라면 만날 필요가 없다는 거죠.

하지만 칼은 기자들이 언론계를 떠난 후에도 계속 그들과 전화하고 관계를 지속적으로 맺으려고 노력하는 사람이에요. 스웨덴 H&M의 아트 디렉터 도널드 슈나이더는 1990년대 칼 라거펠트 쇼에 참가했을 때 나이 든 독일 여성과 옆 자리에 앉게 되었어요. 그녀는 오래 전 독일의 한 무역 잡지에 칼에 대한 기사를 썼는데 그때부터 칼이 그녀를 계속 자신의 쇼에 초청해 왔다고 말했어요. 그녀가 기자 생활을 그만둔 지 이미 오래 되었는데도 말이죠.

나만의 세계를 넘어서
새롭게 변신하라!

"축하는 필요 없습니다. 그건 벌써 역사가 되었고, 나는 다음 컬렉션을 생각합니다." 칼은 디자인 작업을 할 때 그에게 중요한 건 과거가 아니라 미래라고 말해 왔어요. 지나간 것에 집착하지 않고 늘 새로운 것을 추구하는 그의 성향도 이해할 수 있겠죠? 다행히도, 패션 디자이너로 성공하기 위해선 늘 새로운 것을 추구해야 하니까 칼은 딱 맞는 직업을 고른 셈이에요. 패션은 과거에 대한 향수를 느끼지 않는 사람들을 위한 직업이라고 칼은 말하죠. 과거에 얽매이지 않고, 어떠한 제한도 두지 않고 호기심으로 세상을 바라보는 칼, 그의 자유로운 시선에서 새로운 패션이 나와요.

유년기의 기억을 부정하는 칼

눈을 감고 생각해 보세요. 마음속 깊이 강력하게 자리 잡고 있어서, 그 추억만 떠올리면 바로 여러분을 어린 시절로 되돌려 줄 것 같은 마법의 순간들이 있지 않나요? 신기한 물건들, 잊히지 않는 표정과 소리, 향기들.

디자이너들도 마찬가지예요. 어린 시절의 추억은 그들이 꿈꾸는 첫 번째 환상의 왕국이랍니다. 되돌아갈 수 없는, 잃어버린 그 시간을 되찾기 위한 끊임없는 열망이 디자인의 영감을 불러일으키는 경우가 많거든요.

북아프리카에서 태어난 이브는 뜨거운 햇살 아래서 눈을 감으면, 아마도 어릴 적 살던 알제리의 햇빛 속으로 되돌아갈 거예요. 여름 제복을 입은 해군 장교들이 몰려 나오고, 맨발의 구두닦이 소년들이 손님을 부르는 오랑의 거리가 머릿속에 펼쳐지면서, 더없이 화려한 북아프리카 특유의 색감들이 그의 눈앞에 어른거리겠죠? 이브가 1976년 오페라 컬렉션에서 쏟아 부었던 화려하고 관능적인 색깔들은 그의 머릿속에 새겨져 있던 북아프리카의 추억 속에서 끄집어낸 색감들일 거예요.

행복했던 기억만이 창조의 원동력이 되는 건 아니죠. 어린 시절을 고아원에서 불행하게 자란 샤넬조차도, 그 시절의 기억에서 영감을 얻었어요. 볼품없고 초라한 짙은 회색과 검은색 고아원복은 검은색과 흰색, 회색의 심플한 샤넬 스타일로 나타났어요. 말하자면, 유년기의 기억들은 디자이너에게 영감을 제공하는 놀라운 보물상자인 셈이에요.

하지만 칼은 어린 시절의 기억을 활용할 수 없었어요. 제2차 세계대전이 터졌을 때 6살짜리 꼬마가 매일매일 겪어야 했던 끔찍했던 현실은 기억하기조차 싫었을 거예요. 1984년 《악튀엘》지 기자가 '전쟁과 나치즘을 경험했는지, 어떤 기억으로 남았는지' 물었을 때, 칼은 단호하게 말했어요.

"나는 전쟁이 벌어졌는지조차 알지 못했어요. 북부 독일에선 아무런 일도 없었고, 폭탄도 터지지 않았죠. 내가 태어난 함부르크는 주요 공격 대상지였지만, 나는 당시 그곳에서 살지 않았어요."

그는 1979년 인터뷰에서도 어린 시절에 대한 질문을 받았을 때 이렇게 대답했어요.

"아무도 내 과거를 기억하는 사람이 남아 있지 않다는 게 얼마나 다행스러운지! 나는 내 과거를 몽땅 잊었습니다."

그는 '내 과거를 표백했다.'고 말하기도 했죠.

칼은 나치즘이 불러일으키는 불편한 기억들을 모두 잊고 싶었을 거예요. 어떤 사람들은 감당하기 어려운 고통을 겪은 후 그 상태를 견딜 수 없을 때 잊어버리는 방법을 선택하죠. 물론, '지금부터 잊어버리자!' 하고 의식적으로 결심한다고 되는 일은 아니에요. 우리 마음속 깊숙한 곳에 자리 잡고 있는 무의식이 작용하는 것이죠. 20

세기 독일인-미국인 관계에 대한 권위자로 꼽히는 데트레프 융커 교수의 설명에 따르면 전쟁을 겪은 독일 사람들 대부분이 그랬대요. 나치즘이 불러일으킨 억압과 강요, 연합군의 공습으로 인한 공포를 모두 잊고 삶을 계속 이어나가기 위해, 그들은 지난 과거를 모두 잊고 미래에만 초점을 맞추고 살았어요.

칼은 디자인 작업을 할 때 그에게 중요한 건 과거가 아니라 미래라고 말해 왔어요. 지나간 것에 집착하지 않고 늘 새로운 것을 추구하는 그의 성향도 이해할 수 있겠죠? 다행히도, 패션 디자이너로 성공하기 위해선 늘 새로운 것을 추구해야 하니까 칼은 딱 맞는 직업을 고른 셈이에요. 패션은 과거에 향수를 느끼지 않는 사람들을 위한 직업이라고 칼은 말하죠.

샤넬의 사장을 지낸 아리 코펠먼은 1985년 1월, 처음 칼을 만난 순간을 잊지 못해요. 컬렉션 쇼를 본 다음 무대 뒤로 가서 칼에게 축하 인사를 건넸을 때, 칼은 아리 코펠먼의 말을 잘라 버렸어요.

"축하는 필요 없습니다. 그건 벌써 역사가 되었고, 나는 다음 컬렉션을 생각합니다."

자유로운 칼Karl Unlimited

칼은 자신이 만들어 낸 룩이 성공했다고 해서 스스로 도취되어 자신의 작업실에 틀어박혀서 세상과 동떨어진 '예술 작품'을 내놓는 쿠튀리에가 아니라, 이 시대 여성들이 진정 무엇을 원하는지를 늘 궁금해하는 디자이너였어요. 그는 다음에 유행할 스타일이 무엇일지, 새로운 아이템이나 패션은 어떤 것인지에 대해 끊임없이 촉각을 곤두세웠어요.

"디자이너에게 부와 명성은 부차적인 것입니다. 또한 자기 것만 고집하는 것도 부질없는 일이죠. 돈이나 명성을 좇거나 자기 것만 고집한다면 금방 한계에 부딪치게 돼요. 디자이너가 한계를 느끼면 그때는 이미 디자이너로서의 생명이 끝나는 거죠."

그는 안정감을 원하지 않았어요. 변화는 그의 삶의 모토였죠.

"요즘처럼 변화의 속도가 빨라지다 보면 결국 패션이 무의미해지지 않겠느냐고 말하는 사람들도 있습니다. 하지만 '패션이 없다'는 것도 일종의 패션입니다. 패션은 끊임없이 변하기 때문에, 영원 불변의 진리와 가치가 없을 뿐이죠."

그는 지속적인 개선을 통해 새로운 것을 만드는 방법을 배우기 시작했어요. 그 바탕에는 트렌드가 깔려 있었어요. 칼은 그가 찾아낸 새롭고 신선한 아이디어를 발전시켜서 옷으로 보여 주었고, 한 달도 지나기 전에 조금 전까지 그를 사로 잡던 아이디어를 잊어버리고 다시 새로운 트렌드를 향해 나아갔어요.

칼이 추구한 디자인은 한마디로 요약하면 Pick&Mix 패션이었어요. 하나의 주제를 끄집어내서 자신의 디자인에 녹이는 방식이었죠. 예를 들어 지난 시즌에 프랑스 소설가 콜레트의 작품을, 오늘은 아르데코를, 내일은 영화 「저주받은 아이들The Damned」을, 그 다음 시즌엔 입체파 화가 페르낭 레제를 화두로 삼아 디자인을 풀었어요.

칼은 유머와 위트, 세련미와 완벽한 테크닉으로 그가 생각하는 모든 테마를 가다듬었어요. 엘사 스키아파렐리는 샤넬의 가장 강력한 라이벌이었는데, 그녀의 초현실주의적 디자인이 칼에게 자유로운 상상력의 날개를 달아 주었어요. 1981년 끌로에 컬렉션에서 기타를 본딴 드레스를 선보였던 칼은 1984년 케이크 모자, 1985년 소파 형태의 모자, 1986년 옷의 앞뒤가 바뀐 백워드 슈트 등을 선보이며 '자유로운 칼Unlimited Karl'이라는 별명을 얻게 되었어요.

그의 다양하고 대담한 실험은 종종 포스트모던 디자인으로 해석돼요. 모더니즘의 기반 위에서 기존의 전통을 따르기를 거부하고 새로운 트렌드를 가미하고 재해석하며 패러디와 유머를 뒤섞는 것이 포스트모더니즘이라면, 칼은 '샤넬'이라는 영원불변한 아이콘, 모두들 최고라고 숭배하는 럭셔리 패션에 길거리에서 유행하는 싸구려 패션을 가미해서 새 생명을 불어넣었어요.

다양한 모양과 재료의 장식끈이 샤넬 슈트에 덧붙여지고 샤넬이 경멸했던 미니스커트나 반바지, 진과 결합해서 샤넬 슈트는 젊고도 대담하게 변신했어요. 칼은 1992년 가을겨울 컬렉션에서 바이커족 스타일의 퀼트누빔 가죽 재킷과 실크 태피터taffeta 평직으로 짠 견직 비단 소재의 드레스를 코디네이션했고, 싸구려 소재로 취급받던 테리 직물과 인조 가죽, 합성 고무를 꾸준히 사용했어요. 그가 디자인한 샤넬은 여전히 우아하고 아름답지만 동시에 젊은 사람들에게 입고 싶다는 욕망을 불러일으키죠. 그 결과 인기가 사그라들어 한물 간 샤넬을 유행의 첨단에 선 럭셔리 브랜드로 재탄생시킨 거예요.

1993년, 칼은 레이먼드 로위 재단에서 선정하는 럭키 스트라이크 디자이너상을 받았어요. 럭키 스트라이크 디자인상은 가장 권위 있는 국제 디자인상 중 하나로, 일상생활에서 사회적, 문화적 여건을 개선하는 데 공이 큰 디자이너에게 수여하는 상이예요. 칼은 다양한 디자인 영역에서 깊은 영향력을 미친 크리에이티브 디렉터로서, 경영자로서 능력을 높이 평가받아 상을 받았지요.

패션은 세상과의 논스톱 다이얼로그다!

"화가나 조각가 등 예술가들은 그 시대에 작품을 만들어 두고 세상을 떠나면 그만이지만 패션은 계속 진화해 나가야 해요. 패션은 '세상과의 논스톱 다이얼로그'인 셈이죠. 과거는 잊고 바로 그 시대와 끝없이 대화하며 발전해 나가야 해요. 내 모든 컬렉션에서 중요한 것은 그 다음이죠. 나는 지나간 것에는 관심이 없습니다. 내 삶은 늘 새로운 것을 제안하는 삶입니다."

칼은 디자인의 새로운 접근 방식을 통해서 소재나 형태, 그리고 코디네이션에 대한 고정 관념에서 벗어날 수 있도록 도와 주었어요. 그는 '이렇게, 저렇게 입어야 한다.'고 자신의 패션을 강요하지 않고 여성들이 자유롭게 옷을 입을 수 있는 자율권을 찾아 주었어요. 바로 이 점에서 이브와 칼은 극과 극에 선 디자이너라고 할 수 있어요. 이브를 추종하던 1970년대 여성들은 뭘 입을까 고민할 필요가 없었어요. 머리끝부터 발끝까지 '이브 생 로랑 브랜드'로 통일하면 되니까요. 그녀들은 이브가 그리는 이상적인 여성상을 한 치의 의심도 없이 받아들이고, 자신을 그 이상형에 맞추려고 노력했어요. 심지어, 이브를 좋아한다는 이유로 서로에게 특별한 유대감까지 느꼈어요. 마치 K-POP 스타 팬들이 같은 스타를 좋아하는 사람들을 만났을 때 반갑고 가깝게 느끼는 것처럼 말이죠. 이브는 자신의 취향과 스타일을 그토록 단호하게 여성들에게 부여하는 마지막 오트 쿠튀르 디자이너였어요.

하지만 21세기 요즘 여성들은 자신들이 원하는 대로, 동대문에서 고른 옷과 디자이너의 옷, 다양한 브랜드와 스타일을 섞어 입어요. 디자이너를 숭배하거나 신격화하지도 않고, 같은 디자이너를 좋아한다는 사실만으로 서로 가깝게 느끼지도 않아요. 어쩌다 같은 옷을 입었다면 오히려 어색해하겠죠? 아무도 그녀들에게 특정한 디자이너의 옷을 강요할 수는 없어요, 권할 수 있을지는 몰라도 말이죠. 여성들이 패션의 선택권을 가진 시대가 온 거예요. 물론, 명품백이나 구두를 열망하지만, 그건 디자이너를 숭배하는 것과는 달라요. 바로 그 시대를 앞장서서 연 디자이너가 칼이에요. 자신의 디자인이 시대와 호흡하는 현실성 있는 것이 되기를 바라는 칼은 21세기 들어 하이테크놀로지도 중요한 소재로 삼고 있어요. 2004년 펜디 컬렉션에선 아이팟 케이스가 등장했고 주크박스 백에 이어폰을 끼울 수 있는 구멍도 만들었어요. 이어폰 모양의 귀고리도 재미있었죠.

"패션에는 일정한 룰이 없어요. 순간에 맞게 나만의 방식으로 옷을 입으면 되죠. 멋쟁이가 되려면 우선 거울에 비친 자기 모습을 사랑할 수 있어야 합니다. 그런 다음에야 자신의 삶에 어울리는 옷을 고를 수 있기 때문이죠. 당신 삶을 당신보다 더 잘 아는 사람이 누가 있겠습니까? 이는 돈이 많고 적음의 문제가 아닙니다. 오히려 돈은 사람을 쇼핑에 중독되게 만들어서, 자신에게 어울리지도 않는 옷을 아무 생각없이 계속 사들이게 만들어요. 하지만 돈이 없으면 더 많이 고민하고 꼭 필요한 옷만 사게 되죠. 눈을 크게 뜨고 쇼핑하는 이들이야말로 제가 가장 책임감을 느끼는 대상이기도 합니다. 창조성도 중요하지만 그건 어디까지나 일상생활에 연관되어 있어야 한다고 생각합니다. 샤넬 여사가 지난 세기 최초의 모던한 여성으로 불릴 수 있었던 것도 그녀가 실제로 자신이 입을 수 있는 옷을 만들었기 때문입니다. 체인 장식, 퀼트 소재, 진주 목걸이 등 모든 아이템이 일하는 여성인 자신이 입기 위해 만든 것이에요."

인테리어를 보면
패션이 보인다

칼은 패션 디자인에 관한 관심과 인테리어 스타일을 따로 떼어 놓고 생각
하지 않았어요. 머릿속으로만 아름다운 옷을 디자인하는 게 아니라, 그가
관심을 둔 테마 속에 직접 몸을 담그고 살아가며 그 느낌을 옷으로 만들어
내자는 생각에서였어요. 그래서 그의 인테리어 스타일을 들여다보면 그의
관심이 어디에 있는지 알 수 있어요. 유행을 앞서 가며 공들여 꾸민 그의
아파트는 수많은 잡지에 촬영 장소로 제공되었고, 패션 디자이너로 명성
을 날리기 전부터 그는 자신만의 개성을 지닌 디자이너로서 이미지를 굳
힐 수 있었어요.

미래 지향적 인테리어에서 아르데코까지
유행을 짚어내는 안목

소련은 1957년 4월 세계 최초의 인공위성 스푸트니크를 발사한데 이어 1961년 4월 12일, 만 27세의 공군 대위 유리 가가린을 우주 비행선 '보스토크 I 호'에 태워 우주로 보냈어요. 인류 최초의 우주인이 된 가가린은 1시간 29분 동안 지구 주위를 한 바퀴 돈 후에 무사히 귀환했어요. 이로써 인류의 역사에서 우주 시대가 시작되었죠. 패션계도 그 열풍에 동참했어요.

1960년대 초반, 밝고 하얀 미니 시프트 드레스웨이스트 라인에 이음선이 없는 직선적인 매우 심플한 드레스와 비닐 헬멧, 몸에 꼭 붙은 보디 슈트와 고고 부츠무릎까지 닿는 여자용 부츠, 고글 등 피에르 가르댕과 앙드레 꾸레쥬가 주도했던 스페이스룩이 유행을 이끌었어요.

그 무렵 칼은 오트 쿠튀르를 떠나 새로운 길을 모색하는 중이라 패션계에서 그리 중요한 인물이 아니었지만, 그의 아파트는 많은 사람의 시선을 모았어요. 18세기에 지어진 고풍스러운 건물에 입주한 칼은 집을 가죽과 스틸로 된 테이블, 하얀색 플라스틱 램프 같은 현대식 가구와 소품으로 꾸몄어요. 패션계를 강타한 미래 지향적 분위기를 더없이 아름답고 산뜻하게 반영한 그의 아파트는 인테리어 잡지에 여러 번 소개되었어요. 칼의 디자인보다 인테리어 감각이 먼저 매스컴을 탄 거예요.

하지만 모던하고 세련된 미래 지향적 실루엣에 열광하던 사람들이 스페이스룩을 외면하는 데는 10년도 채 걸리지 않았어요. 1970년대로 접어들 무렵에는 로맨스에 대한 열망, 영적이며 여성적인 의상, 복고적인 것에 대한 환상이 생겨났고 아르데코에 관한 관심도 서서히 되살아났어요.

1920~30년대를 사로잡았던 아르데코는 제2차 세계대전 이후 유행에서 밀려났었는데, 사람들이 부모와 조부모 세대가 누리던 풍요로움에 대해 그리워하면서 다시 사람들의 시선을 사로잡게 된 거예요. 아르데코의 부활을 가장 열렬히 반긴 건 파리의 오트 쿠튀르 사람들이었어요.

칼도 이러한 트렌드를 재빨리 받아들여서 미래 지향적 분위기를 추구했던 하얀색 인테리어를 미련 없이 버리고, 놀랍도록 빠른 속도로 아르데코 컬렉션에 나섰어요. 칼은 그 아파트를 1920년대와 30년대 아르데코풍에 크림색과 하얀색, 검은색 색채와 빛나는 크롬, 래커, 새틴, 유리, 거울로 꾸몄어요. 가구 배치에서도 칼의 그래픽적인 감각이 드러났고, 전체적 이미지는 칼이 그 당시 좋아했던 1920년대 흑백 무성영화의 세련된 세트와 비슷하게 보였어요.

그 아파트에서 가장 놀라운 점은 가구 그 자체가 아니라, 장식에 대한 칼의 놀라운 감각에 있었죠. 예를 들어 바닥은 검은 색 자재로 선택하고 그 위에 짙은 갈색 양탄자를 깔아 놓아서, 칼의 수집품들은 마치 보석상의 진열장에 놓인 다이아몬드처럼 돋보였어요.

칼의 특징이 고스란히 드러나는 인테리어 감각

칼뿐만 아니라 이브도 트렌드에 민감한 디자이너답게 아르데코 풍으로 꾸민 집에 살았지만, 두 사람의 접근 방식이나 결과는 너무도 달랐어요. 이브는 이국적 감각과 색채, 관능을 강조하며 아르데코를 파리지앵 스타일로 해석하는 데 치중했지만, 칼은 흑백의 선명한 대조와 반짝이는 질감을 통해 아르데코 시대의 개념과 이상을 깊이 있게 이해하려 노력했어요.

어쨌든, 이때까지 디자이너로서 칼은 이브의 스포트라이트에 심각한 위협을 가하지는 못했어요. 자기 이름을 건 브랜드도 하나 없는 프리랜서 디자이너가 어떻게 오트 쿠튀르의 황태자와 경쟁할 수 있겠어요? 하지만 시대와 유행의 흐름에 따라 아파트를 완벽하게 꾸미고 가구와 오브제들을 수집하는 안목을 보여 줌으로써 칼은 패션 종사자들 사이에서 '감각 있는 디자이너'이자 '취향이 빼어난 수집가'라는 이미지를 만들어 나가는 데 성공했어요.

어떤 유행에 따라 인테리어를 꾸미건 간에, 칼은 작은 소품 하나까지 완벽하게 갖추기 위해 데코레이션 계획을 꾸미는 데만도 엄청난 노력을 기울였어요. 그 유행과 관련해서 엄청난 양의 책들을 읽었고, 역사적 고증을 위해 세밀한 부분까지 지치지 않고 조사했어요. 지나간 시대의 골동품뿐만 아니라 첨단 기기에 대한 호기심도 절대 잊지 않았어요. 데코레이션에 대해 놀랍도록 대담한 실험을 기꺼이 받아들이는 면은, 늘 새롭고 혁신적인 디자인을 추구하는 칼다운 특징이에요. 인테리어에서 좋은 취향을 받아들이기 위해 따라야 할 규칙이나 제한에 얽매이지 않는 점도 오트 쿠튀르의 규범을 거부하는 그의 패션 철학과 맞닿아 있어요.

오랫동안 공들여 집을 완성하고 나면 사진을 찍어서 여러 잡지에 게재하고, 그리고 그 다음엔? 그는 1975년, 아르데코 풍의 인기가 정점에 달했을 때 그 집의 수집품을 대부분 팔아 버렸어요. 집을 꾸민 후엔 경매를 통해 수집품들을 팔아 버리고 그 집의 인테리어를 완전히 해체해 버리는 작업은 그 이후에도 계속 반복되면서 칼의 습관으로 굳어 버렸어요. 새로운 테마를 남보다 한 걸음 빠르게 읽고 그 테마에 몰입하다가, 다른 사람들이 따라올 즈음엔 미련 없이 그 테마를 버리고 다른 테마로 달려가는 그의 패션 디자인 세계와 너무 유사한 습관이었죠.

꿈의 성, 샤또 드 페노엣 복원 프로젝트

어린 소년 칼이 멘첼의 그림을 처음 보았을 때 그림은 이렇게 말하는 것 같았어요. '이것이 인생의 목표다, 네가 원하는 것을 얻어라!' 1977년, 끌로에에서 성공 가도를 달리기 시작한 칼에게 드디어 꿈꾸던 세계가 나타났어요. 모르비아 지방에 있는 성 '샤토 드 페노엣Château de Penhoët'이었어요. 모차르트가 태어나던 해인 1756년에 지어진 성은 그랑샹 마을로부터 3㎞ 북쪽에 자리 잡고 있어서, 칼과 친구들은 성의 본래 이름을 버리고 '그랑샹'이라 부르곤 했어요.

성은 원래 네모난 형태였지만 화재 때문에 서쪽 건물만 남아 있었어요. 칼은 성채를 수리하고, 정원, 분수와 연못의 모습을 되살리는 일에 착수했어요. 프랑스판 《보그》에서 에디터로 근무하기 전, 예술사를 공부하고 유적지에서 근무했던 패트릭 호케이드는 우선 성의 원본 서류부터 구해 배관부터 페인트 색까지 세세한 부분까지 알아야 한다고 칼에게 조언했어요. 칼은 그 일을 패트릭에게 맡겼어요. 패트릭은 자료들을 뒤져 보고서를 작성했고, 칼은 장식과 가구를 가능한 한 원본과 똑같이 복원하기로 했어요. 넘쳐나는 에너지를 가지고 그는 필요한 모든 것들을 구입하고, 18세기의 모든 것에 관해 공부하고, 서둘러 그의 꿈이 이끄는 방향으로 모든 것들을 완벽하게 만들려고 노력했어요.

파리에 있는 그의 아파트에서 아르데코 컬렉션을 팔아 버린 것도 성의 완성과 맥을 같이 하는 일이었죠. 대신 칼은 프랑스 18세기로 관심을 돌렸어요. 그는 궁정이 아닌 전원생활에서 영감을 얻었고, 마이센 도자기에서 영감을 얻은 핸드 페인트 실크 드레스와 파니에로 양옆을 부풀린 스플릿 스커트를 만들어 냈어요.

자끄가 죽은 이후 칼은 그의 꿈의 원더랜드였던 펜호엣 성을 팔아 버렸어요. 그리고 지금은 100개도 넘는 아이팟과 플라즈마 TV가 놓여 있는 심플하고 모던한 아파트에서 살고 있답니다.

이젠 패션 디자이너도
슈퍼스타

칼은 런웨이 뒤편에 숨어 있는 디자이너가 아니에요. 그는 자기 자신의 독특한 이미지와 카리스마를 만들어 냈고, 그 카리스마를 다시 패션 디자인에 반영하면서 자신이 맡은 브랜드의 이미지를 업그레이드하는 데 활용하지요. 백발을 뒤로 묶고 검은색 선글라스를 끼고 윙 칼라에 딱 붙는 스키니 바지를 입고 있는 칼 라거펠트는 이제 우리 시대의 가장 유명한 아이콘중 하나예요.

끝없는 이미지 변신

칼은 자신의 이미지를 끊임없이 바꾸어 왔어요. 미국에서 온 패션 일러스트레이터 안토니오, 아트 디렉터 후안과 친하게 지냈던 1970년대 초반의 칼은 아메리칸 팝 스타일 매력으로 가득했어요. 지나치게 화려하고 들뜬 그의 옷은 과하다 싶을 정도였어요. 그런데 영화 「라무르L'Amour」에 출연하면서 앤디 워홀을 가까이서 관찰할 기회를 잡은 칼은 앤디가 만드는 교묘한 이미지 조작술을 관찰하고, 명석한 머리로 그 능력을 분석해서 자기 것으로 소화하는 데 성공했어요.

「라무르」를 찍은 1년 후 글로에 디자인 작업을 위해 일본에 갔을 때 칼은 부채를 골라서 파리로 가져왔어요. 그 부채는 30년 동안 그의 손을 떠나지 않고 그를 상징하는 액세서리가 되었어요. 칼은 앤디 워홀이 가발을 쓰듯 부채를 들고 다녔어요. 부채는 칼을 신비롭게 만들고, 그를 오래 기억하게 하는 특별한 사물이 되었지요.

19세기 귀족 같은 자끄와 어울릴 무렵부터 칼은 검은 수염을 기르고 외눈박이 안경을 끼기 시작했죠. 어깨선이 강조된 양복이나 블레이저롬비 상의의 총칭를 즐겨 입고 땡땡이 무늬 넥타이나 실크 스카프, 핀턱 셔츠핀처럼 좁게 걸어 잡아 박는 장식 기법을 활용한 셔츠와 포켓에 꽂은 하얀 손수건으로 한껏 멋을 부렸어요. 하지만 그의 다부진 근육질 체격과는 어울리지 않는 스타일이었죠. 보디빌더가 증권 거래소 직원의 옷을 입은 효과랄까요?

사진작가 헬무트 뉴튼은 그 스타일을 '칼의 마피아룩'이라고 불렀어요. 마피아룩의 뒤를 이어 함부르크 은행 매니저 같은 양복을 즐겨 입었던 칼은 18세기에 관심을 기울이면서 좀 더 역사적이고 별난 스타일을 추구하기 시작했어요.

1977년부터 15년 동안 칼은 모든 잡지와 미디어, 모든 패션쇼마다 포니테일 머리와 뚱뚱한 체격, 검은색 선글라스, 텐트같이 펑퍼짐한 요지 야마모도의 슈트, 부채를 손에 든 모습으로 등장했어요. 펜호엣 성을 18세기 식으로 복원한 것과 더불어 자신의 이미지도 멘젤의 그림 속에 나오는 신사들의 모습으로 바꾸기 시작한 거예요. 그는 머리를 길러 뒤로 모아서 리본으로 묶었는데, 이 스타일은 18세기 신사들 사이에서 유행했던 '카토간18세기 후반의 남녀용 가발의 머리형'에서 따왔어요.

세상을 놀라게 한 라거펠트 다이어트

칼의 체중은 평생 드라마틱하게 오르내렸어요. 30대에는 1주일에 3시간씩 스트레칭을 해서 그의 몸은 근육질을 유지했죠. 하지만 어느 날 갑자기 "나는 헬스장에 있다는 게 너무 지겨워졌다."고 칼은 말했어요. 그는 운동에 집착하는 것을 그만두었고, 체중이 급격히 늘어났죠. 그는 변한 몸매를 감추기 위해 직접 디자인한 '오버-

블라우스끝단을 스커트 위에 내어 입도록 된 블라우스의 총칭'를 작업복처럼 입었어요.

30대 중반부터 40대 사이에 때때로 그는 침술 다이어트나, 삶고 데친 음식만 먹는 다이어트 등 극단적인 방법을 통해 살을 뺐지만, 언제나 콜라를 하루에 20병씩 마셔대는 강박적인 식습관으로 되돌아왔고 다이어트는 실패했어요.

1980년대 들어서서 칼은 다시 헬스에 열광했던 30대를 기억해 냈어요. 하지만 그의 몸매는 그가 바라는 모습으로 바뀌지는 않았어요. 1990년대 10년간 칼은 120kg을 넘어섰어요. 그가 1983년 "내 몸매는 내 자신의 기준에 맞지 않는다."고 한 저널리스트에게 말했어요.

2001년, 그는 포니테일을 자르고 부채를 들고 다니던 습관을 없애고, 13개월 만에 42kg을 감량한 모습으로 모든 사람들을 놀라게 했어요. 그는 "17살 때의 내 몸매를 되찾았다."고 선언했어요. 칼의 다이어트는 전 세계적 관심사가 되었고, 그의 다이어트 비법을 담은 책은 베스트셀러가 되었어요.

"나는 펑퍼짐한 옷을 입는 게 지겨워졌어요. 에디 슬리먼의 멋진 옷을 입고 싶었죠. 하지만 그의 슈트는 매우 마른 소년들을 모델로 작업했기 때문에 내가 그 슈트를 입으려면 40kg 이상 살을 빼야만 했어요. 13개월 동안 다이어트를 해서 마침내 목표 체중에 도달할 수 있었죠."

살을 빼는 것이 자신의 허영심을 충족시킬 수 있는 하나의 방법

책 『칼 라거펠트 다이어트』_왼쪽, 라거펠트 테데베어_오른쪽

영화 「라거펠트 컨피덴셜」

이었다고 말하는 칼에게 다이어트는 도전이었고, 칼이 지켜야 할 또 하나의 자기 규율이었어요. 칼에게 혹독한 다이어트를 하게 만든 장본인, 에디 슬리먼은 크리스티앙 디오르의 남성복 디자이너였어요. 그는 비쩍 마른 몸매의 모델들에게 마치 레깅스와 같이 짝 달라붙는 바지와 몸에 착 감기는 슬림한 재킷, 그리고 슈트를 입혔어요. 전 세계적으로 '스키니'의 열풍을 불러일으킨 그의 새롭고 과감한 시도는 기존 남성복 디자이너들에게 엄청난 충격을 불러일으켰어요. 우리나라에서도 영화배우 강동원을 비롯해서 수많은 유명 인사들이 길고 가느다란 몸매를 과시했죠.

칼은 70살을 훌쩍 넘긴 지금, 모든 파티와 오프닝 행사에 슬림한 바지와 손가락 없는 가죽 장갑을 끼고 나타나죠. 그는 패션의 거장이면서 동시에 10대처럼 보이는 데 즐거움을 느끼는 것 같아요.

디자이너를 넘어 시대의 아이콘으로

그는 새로운 패션 디자인뿐만 아니라 자신의 이미지도 창조했어요. 그는 캐릭터를 만들어 냈고, 하나의 개성으로서 자신을 내세우기 시작한 디자이너예요. 검은 안경과 백발의 포니테일, 목까지 채우는 하얀 셔츠와 검은 재킷, 스키니 진, 가죽 장갑을 즐기는 그의 스타일은 나이가 들어갈수록 더욱 젊어지는 그의 디자인 세계를 반영하고 있어요.

영화감독 로돌프 마르코니는 2년 동안 칼을 따라다니면서 패션 디자이너로서 그의 삶을 담은 영화 「라거펠트 컨피덴셜」을 만들었고, 2007년 여름에 개봉했어요. 2008년 한 해 동안 칼은 판매용 피규어 인형으로, 비디오 게임 'Grand Theft Auto 4'에서 게임 속 DJ로, 프랑스 교통부 공익 광고 모델로 출연했고, 테디베어 인형의 캐릭터로도 차용되었어요. 이제 그는 톱 디자이너나 유명 인사로서의 위상을 뛰어넘어 시대의 아이콘이 되었어요.

칼 라거펠트의 후예들

칼 라거펠트는 21세기를 살아가는 디자이너들의 롤 모델이 되고 있어요. 자신을 하나의 브랜드에 얽매지 않고 다양한 브랜드와 순조롭게 협업을 진행하며 디자이너 자신과 브랜드의 명성을 함께 쌓아올리는 데 성공했어요. 타고난 근면성을 바탕으로, 마약이나 알코올 중독 같은 약한 모습을 보이지 않고 기복 없이 디자이너의 길을 걸었죠. 무엇보다 늘 끊임없이 현재의 트렌드를 이해하고 앞서 나가는 시대감각은 은퇴할 나이를 훌쩍 뛰어넘은 그를 패션계에서 가장 젊고 활기찬 디자이너로 자리매김하게 했어요. 1980년대에만 해도, 칼 라거펠트는 세상에 둘도 없는 독특한 길을 가는 디자이너였지만, 이젠 그가 제시한 길을 따라 다양한 경력을 쌓아 가는 후예들이 늘어나고 있답니다.

칼의 공식을 따라가는 디자이너들

칼은 패션계에 남긴 유산이 아주 많아요. 우선 칼은 한 명의 디자이너가 다양한 브랜드와 함께 일할 수 있다는 사실을 처음으로 알려 주었어요. 그리고 시대와 함께 가는 길은 어떤 것인지, 새로운 트렌드를 녹여 내는 노하우를 제시했고요, 특히 빈사 상태에 빠진 패션 하우스에 새로운 생명을 불어넣는 일은 어떻게, 어떤 방향으로 진행되어야 하는지도 보여 주었죠.

'크리에이티브 디렉터'라는 새로운 직함도 만들어 냈고요. 단순히 의상 디자인뿐만 아니라 브랜드의 전체 이미지를 어떻게 가져가야 하는지, 어떤 전략을 수립해야 하는지를 진두지휘하는 크리에이티브 디렉터는 말하자면 패션과 경영을 같이 생각해야 하는 직업이에요. 칼은 직접 카메라를 손에 들고 디자이너가 생각한 이미지를 사진이나 영화로 옮기고, 홍보 문안도 직접 작업하기도 해요. 그리고 런웨이 뒤에 숨은 은둔자가 아니라 유명 인사로서 브랜드와 함께 명성을 쌓아 가는 모습도 보여 주었어요. 칼이 샤넬에서 해낸 일은 칼을 따라가는 디자이너들에겐 교과서나 다름없어요.

전 세계에 스키니 열풍을 불러일으키며 디오르 옴므를 기적적으로 되살린 에디 슬리먼, 한물간 브랜드였던 구치를 트렌디한 럭셔리 브랜드의 선두 주자로 탈바꿈시킨 톰 포드, 클래식한 여행 가방과 백만 만드는 브랜드였던 루이비통을 모든 여성이 갖고 싶은 명품 브랜드로 환생시킨 마크 제이콥스, 버버리 브로섬에 혁신을 몰고 온 크리스토퍼 베일리까지 모두 다 칼의 공식을 충실히 따라가는 후예들이에요.

파산 위기의 구치를 구원한 톰 포드

텍사스 출신 디자이너 톰 포드는 1994년, 33세의 젊은 나이에 구치의 크리에이티브 디렉터로 지명되면서 파산 위기에 처해 있던 구치를 세계에서 가장 잘 팔리는 럭셔리 브랜드로 급부상하게 한 복귀시킨 디자이너예요. "모든 화려한 것들을 표현하는 최우선 요소는 편안함과 단순함이다."라는 그의 패션 철학은 구치의 모든 컬렉션에 반영되어 있어요. 2004년 사임할 때까지 톰 포드가 구치에서 크리에이티브 디렉터로 일했던 10년 동안, 구치의 매출은 1994년 2억3천만 달러에서 2003년 30억 달러로 늘어났어요.

그는 2000년 구치에서 크리에이티브 디렉터로 일하면서 동시에 이브 생 로랑 기성복 라인인 리브 고쉬와 이브 생 로랑 뷰티의 크리에이티브 디렉터도 겸임했어요. 그는 단순히 옷을 파는 것이 아니라 전체적인 분위기를 파는 것을 목표로 삼아, 한 시즌을 대표하는 하나 또는 2개의 스타일만 내세우는 에디팅editing 컬렉션을 유행시켰어요.

2005년 톰 포드는 자신의 브랜드를 설립해, 디자인을 하면서 경영에도 참여했어요. 같은 해에 톰은 안경테와 선글라스 라이센스 계약을 맺었고, 에스티로더 그룹과는 톰 포드 뷰티 브랜드의 협업 작업을 하기로 계약을 맺었어요.

다양한 방면에서 활동을 벌이는 칼의 후예답게 톰은 2005년 영화 사를 차리고, 감독과 제작, 공동 각본 작업을 맡은 영화 「싱글 맨」을 만들었고 제66회 베니스 영화제에서 최초로 공개한 후 2009년 세계 각국 영화관에서 개봉해서 평론가들로부터 좋은 평을 얻었죠.

칼의 펜디 성공기를 참고한 마크 제이콥스

미국 패션 브랜드인 페리 앨리스에서 디자이너로 출발한 마크 제이콥스는 모피 전문 브랜드였던 펜디를 세계적인 패션 하우스로 성장시킨 칼의 이력을 따라가고 있는 디자이너예요.

그는 1998년 가방 브랜드로 유명한 루이비통에 아트 디렉터로 영입되었어요. 1854년 파리에서 트렁크 전문 매장을 열면서 시작된 루이비통은 가방 브랜드로는 세계 최고의 럭셔리 브랜드로 손꼽혀 왔어요. 하도 인기가 많아, 모조품도 많이 나돌았기 때문에 1892년에는 위조 방지를 위해 엠블럼이 새겨진 모노그램 캔버스 가방을 만들었을 정도로 위세를 떨쳤지만, 샤넬이 그렇듯 조금씩 하락세를 걷고 있었어요.

톰은 시대에 뒤처지는 느낌을 주는 루이비통을 젊은 럭셔리 브랜드로 만들기 위해 일본 팝 아트 작가 무라카미 다카시에게 도움을 요청했어요. 마크 제이콥스와 무라카미 다카시가 손을 잡고 디자인한 멀티컬러 모노그램 가방은 루이비통의 인기를 단박에 끌어올렸어요. 형광색 글씨와 장미를 그려 넣은 스티븐스 프라우즈, 소피아 코폴라와의 공동 작업 등 다양한 예술가들을 섭외하고 그들의 영감이 깃든 루이비통의 멋진 제품들이 마크 제이콥스의 노력에 의해 선보이고 있지요. 마크 제이콥스는 루이비통의 작업 외에 자신의 이름을 건 브랜드를 설립하여 운영하고 있어요.

"나는 새로운 아르마니나 랄프 로렌이 앞으로는 나오지 못할 것이라 생각합니다. 나는 디자이너들이 톰 포드처럼 라벨 뒤로 자신을 숨기는데 익숙해졌다고 생각해요. 이젠 '내 하우스, 내 라벨, 그건 나와 함께 죽을 것이다.'라고 할 필요가 없습니다. 이건 모던한 태도가 아니죠."

내 이름을 건 하우스와 내 라벨에 올인하며, 내가 죽으면 그 브랜드도 함께 죽는다고 생각한 이브의 사고 방식이 21세기에는 별로 훌륭한 전략이 아니라고 생각하는 거죠. 칼은 브랜드와 디자이너를 떼서 생각하고, 디자이너들이 브랜드 이미지에 맞는 디자인을 만들어 낼 수 있어야 한다고 보는 거예요.

한꺼번에 여러 개의 브랜드를 디자인하고 디렉팅하는 디자이너들이 차츰 늘어나고 있어요. 그리고 그 선두엔 칼 라거펠트가 서 있답니다.

4

Karl Lagerfeld

칼 라거펠트를
꿈꾼다면

패션 디자이너 진로&직업 탐구

패션 관련 진로 탐구

칼 라거펠트. 정말 세기에 한 번 나올까 말까한 대단한 디자이너죠? 그렇다고 원래 그런 천재성을 갖고 태어난 사람으로 생각해 버리면 안 돼요. 읽어 봐서 알겠지만, 칼은 타고난 천재라기보다는 많은 독서를 바탕으로 창조적인 생각을 하고 그것을 행동으로 옮기는 사람이에요. 그런 면이 일반적인 경우와 다를 뿐인 거죠. 여러분도 창조적인 생각을 하기 위해 독서, 체험 등 여러 가지 노력을 한다면 칼과 같은 창의성 있는 사람이 될 수 있답니다.

이제부터는 칼 라거펠트가 종사하는 직업에 대한 탐구를 좀 더해 보려고 해요.

무한한 창의적인 아이디어를 바탕으로 많은 사람에게 아름다움을 입히는 패션은 정말 매력적인 일이에요. 그렇다면 옷에 관심이 많고, 앞으로 패션 쪽으로 진로를 정하고 싶은 10대들은 현실적으로 어떤 경로가 있을까요?

다음의 표를 볼까요?

우리 친구들이 보기 편하도록 단계를 나누어 두었지만 실제로 이 단계별로 진로 순서가 정해지는 것은 아니에요. 예를 들어 일반 고등학교 졸업 후에 패션 디자인 관련 대학으로 진학하여 졸업 후 대학원 진학, 취업, 유학 등을 선택할 수도 있고, 중학교에서 바로 패션 디자인 특성화 고등학교를 졸업하여 동일계 대학으로 진학하거나 패션 업체로 바로 취업을 하여 디자인 실무를 바로 접하는 방법도 있어요. 또 학교를 졸업한 후에 패션 디자인 학원에서 디자인 공부를 한 뒤에 취업하거나 유학을 갈 수도 있어요.

1단계	2단계	3단계
1. 패션 디자인 특성화 고등학교	2. 패션 디자인 학원입학 3. 패션 디자인 관련 대학입학 4. 패션 디자인 관련 기업취업	5. 유학 6 개인 브랜드 런칭
1. 일반 고등학교	2. 패션 디자인 학원 입학 3. 패션 디자인 관련 대학입학	4. 패션 디자인 관련 기업취업 5. 유학 6. 개인 브랜드 런칭

1. 특성화 고등학교부터 살펴보자면 우리나라에는 '세그루패션 디자인고등학교'가 있어요. 패션 분야에 기여할 수 있는 인재를 양성하는 것을 목표로 지식과 실무 능력을 겸비한 패션 디자인 전문 인력을 양성하고 있답니다. 세그루패션 디자인고등학교는 '패션 비즈니스과' '웹 디자인과' '패션 제품 디자인과' '의상 패션 디자인과'로 나뉘어서 각 과에 맞는 실습을 통해 패션에 관련된 능력을 키워 나가게 됩니다.

패션 디자인 특성화 고등학교를 졸업한 후 진로는 취업과 대학 진학으로 보통 나뉘는데, '세그루패션 디자인고등학교' 졸업생 중에는 패션 관련 기업에 바로 취업하는 학생들이 있습니다. 물론 대학교로 진학해 패션 관련 공부를 더할 수도 있고, 단계를 뛰어넘어 유학을 갈 수도 있습니다. 어떠한 선택을 하든지, 학생 각자의 상황과 꿈에 맞추어 진로를 정해야 되겠지요.

2. 만약 패션 디자인 특성화 고등학교에 진학하지 않았다면 일반 고등학교를 졸업한 후, 의상과로 대학 진학을 하거나, 패션 디자인 학원에서 디자인 공부를 할 수 있습니다. 패션 디자인학원에서 재봉, 드레이핑, 패턴, 직물 등의 실무 위주의 강의를 들으며, 의상과 관련된 자격증을 취득할 수 있답니다. 또한 유학 준비반을 운영하는 학원을 통하여 바로 유학을 가는 것도 또 다른 방법입니다.

3. 우리나라에는 4년제를 비롯해 3년제, 2년제로 운영되는 대학의 패션 관련 학과가 있습니다. 학교별, 학과별로 수업의 차이는 있지만 패션 관련 일을 하기 위한 밑바탕이 되는 공부라는 점에서는 동일합니다.

패션 디자인을 전공하면 학술이론을 바탕으로 복식의 역사적, 사회 문화적, 환경 기술적 의미와 미적 가치를 이해하며 이를 총체적으로 분석하고 비평하는 능력을 기릅니다. 또 의상을 구성하는 색

칼 라거펠트, 변화가 두려울 게 뭐야

채, 소재 및 스타일의 제반 디자인 요소들을 패션 일러스트로 표현하고 실제 의상 제작 과정에서 요구되는 패턴 메이킹, 그레이딩 및 소잉을 비롯한 패션 프로덕션 전 과정을 익히게 되지요. 이러한 과정과 함께 소비자의 동향 및 패션 트렌드를 조사하고 이를 활용하는 마케팅까지 공부하게 됩니다.

전공 과목으로는 섬유·패션 실습 개론, 섬유 기초 조형, 패션 기초 조형, 패션 드로잉, 섬유 조형실습, 섬유 미술론, 패션 조형, 염색 실기, 텍스타일 디자인, 현대 패션 디자인 개론, 패션 디자인, 드레이핑, 패션 일러스트레이션, 직물 실기, 글로벌 패션 머천다이징, 플랫패턴 디자인, 니트 디자인, 섬유 마케팅, 타피스트리, 복식 미학, 섬유제품 디자인, 패션 스타일리즘 등이 있습니다.

이렇게 대학교에서 패션 관련 공부를 하면서 각종 공모전에 출품하는 등의 노력을 통해 개개인마다 스펙을 쌓을 수 있겠지요.

4. 대학 졸업 후에는 관련 기업에 취업할 수 있고, 유학을 갈 수 있으며, 혹은 자신의 개인 브랜드를 런칭하는 진로를 찾아볼 수 있습니다. 우리나라에서 패션 기업으로 유명한 회사 몇 군데를 알아볼까요?

● **LG패션** 1974년에 반도 패션으로 기성복 사업을 해 온 기업입니다. 현재 10여 개의 패션 브랜드를 운영하고 있어 명실공이

우리나라 대표 패션 기업이라 할 수 있습니다.

- **신원** 1973년 시작된 기업으로 현재 여성복과 남성복을 포함해 5개 브랜드를 운영하고 있습니다.

- **코오롱** 여성복, 남성복 뿐 아니라 아웃도어, 스포츠웨어 브랜드까지 운영하고 있는 패션 비즈니스 기업입니다.

- **이랜드** 1980년대 중저가의 캐주얼 브랜드들을 중심으로 기업을 확장시켜 나가고 있습니다. 아동복까지 운영하고 있으며 30개 정도의 브랜드를 운영하는 대표적인 패션 기업입니다.

- **한섬** 1987년 여성복으로 출발한 한섬은 여성들의 사회 진출과 발맞추어 커리어우먼이 입을 수 있는 패션 브랜드를 개발해 왔습니다. 현재는 15개 정도의 브랜드를 운영하고 있습니다.

아마 위의 기업 이름은 종종 들어 왔을 거예요. 물론 이외에도 무수히 많은 의류업체들이 있답니다. 이러한 다양한 패션 브랜드가 운영되기 위해서는 여러 직종의 많은 전문 인력이 필요하답니다. 여러분이 바로 이런 전문 인력이 되어서 디자인하고, 만든 옷을 많은 사람이 입는다는 걸 상상해 본다면 어떨까요?

앞에 말했던 것처럼 패션 디자인 고등학교를 졸업하고 바로 패션 기업에 취업할 수도 있고, 동일계 대학을 진학, 졸업 후 취업 혹은 유학할 수도 있답니다. 기억하세요. 길은 하나가 아니라는 것을요.

5. 패션 디자인을 공부하고자 유학을 가는 경우가 있습니다. 우리

가 즐겨 보는 패션 관련 TV프로그램을 보면 많이 언급되고 있죠? 그 중에 아래 5개 학교 정도에 유학생이 많다고 하네요. 유학을 위해서는 철저한 준비가 필요하고요. 각 학교마다의 특성을 알아서 자신의 개성과 성향을 잘 살릴 수 있는 곳으로 준비해야 한답니다.

유학이니만큼 언어의 벽을 넘을 각오는 필요하겠죠?

- 미국의 파슨스 디자인 스쿨
- 영국의 센트럴 세인트 마틴 예술대학
- 벨기에의 앤트워프 왕립예술학교
- 이탈리아 마랑고니 패션 스쿨
- 프랑스 의상조합 학교

6. 패션디자이너로서 자신의 이름을 내 건 브랜드를 런칭한다는 것은 디자이너라면 누구나 바랄 것입니다. 실제로 많은 디자이너들이 이렇게 런칭을 하고 있지요.

신진 디자이너를 지원해 주는 시스템도 있습니다. 서울패션창작 스튜디오(SFCS)는 역량 있는 신진 디자이너들의 패션 창작 활동 지원을 통한 신진 브랜드를 발굴 육성할 목적으로 창작 공간 및 각종 홍보 마케팅을 지원하는 패션 전문 인큐베이팅 인프라를 제공하고 있습니다.

패션 디자인을 하고자 하는 청소년들에게도 아마 꿈의 종착역은 이곳이 아닐까 생각됩니다.

자 이제 마지막으로 패션과 관련된 자격증에는 무엇이 있는지 알아볼까요?

아래는 패션 관련 자격증의 종류입니다. 아래 자격증은 꼭 학원을 다녀야만 취득할 수 있는 것은 아니며, 재학 중에도 취득할 수 있는 것이니 참고하세요.

자격증명	발급처	내용	비고
컬러리스트 산업기사	한국산업인력공단	색채를 통해 산업의 인력 전문화와 업종의 다각화, 고용의 확대가 요구되어 현장에서 필요한 전문 기술 인력을 양성하고자 자격제도 제정	4년제 대학 졸업자에 한함
패션 디자인 산업기사	한국산업인력공단	국가기술자격증으로 패션 디자인의 총 제작 과정을 총괄적으로 학습할 수 있는 자격증	4년제 대학 졸업자에 한함
비쥬얼 머천다이징	(사)한국직업연구진흥원	민간 자격증으로 패션 유통 시장 세분화에 따라서 패션 전문 인력의 전문성에 대한 수요가 확대되고 있어 VMD를 원하는 전문 인력 양성을 위한 자격증	
샵 마스터	(사)한국직업연구진흥원	민간 자격증으로 패션 분야에서 최근 급성장한 패션 샵 마스터, 매니저 양성에 필요한 자격증	
양장 기능사	한국산업인력공단	필기 시험(양장구성, 섬유 재료, 의복디자인, 의복일반)과 실기 시험(양장 패턴 및 봉제 작업)으로 되어 있으며 국가기술자격증	
패션 스타일리스트	(주)한국직업연수진흥원	패션업체 기획실, 패션쇼, 광고 대행사, 연극영화 기획사, 웨딩 스타일리스트, 이미지컨설팅회사 등에서 필요한 자격증	

칼 라거펠트, 변화가 두려울 게 뭐야

청소년 여러분들이 패션 관련 일을 하고자 꿈꾸고 있다면 걸어야 할 진로를 간략하게나마 살펴보았습니다. 도움이 되었나요?

목표를 세우고 한발씩 걸어가다 보면 여러분이 꿈꾸던 종착역에서 밝게 웃는 스스로를 만날 수 있을 겁니다. 칼처럼 말이죠.

패션 관련 직업 탐구

자, 이제는 패션 쪽으로 진로를 정하게 되면 어떤 직업을 가질 수 있나를 알아볼게요.

대한민국은 패션에 민감한 나라입니다. 동대문만 가 보아도 여러 나라 사람들이 옷을 사기 위해 얼마나 분주하게 움직이는지 알 수 있죠. 또 명동, 홍대 등에 나가보면 모델같이 옷 잘 입은 사람들이 얼마나 많은지요. 이렇게 패션을 사랑하고 즐기는 우리나라에는 패션 분야에 많은 사람이 종사하고 있습니다.

패션에 관련된 직업도 많습니다. 흔히 우리가 생각하는 패션 디자인만이 패션의 세계에서 할 수 있는 일은 아니지요. 최근에는 패션 비즈니스 분야에 관한 관심도 높아지고 있어요. 또 패션을 잘 활용하는 방법을 고민하는 패션 스타일리스트에 대한 호감이 높아지고 있답니다.

우리가 늘 입는 패션에 관해 관심이 높아질수록 패션 산업도 점점 성장하고 분야도 많아진답니다.

패션 디자이너

사람들이 항상 입고 다니는 옷의 트렌드를 만들고, 패션을 새롭

칼 라거펠트, 변화가 두려울 게 뭐야

게 디자인하는 직업이라고 할 수 있습니다. 우리가 알고 있듯 패션 디자인을 전공한 사람들이 많지요.

패션 디자이너는 직물을 비롯한 다양한 소재로 성별, 나이, 기능을 고려한 옷을 디자인합니다.

보통 패션 디자인을 떠오르면 여성복이 주로 떠오를 텐데요. 남성복, 아동복, 웨딩드레스, 무대의상, 속옷, 넥타이, 패션 소품 등 여러 분야가 있답니다.

좀 더 자세히 일을 살펴볼까요?

보통 시즌 시작 6개월 전부터 국내외의 트렌드를 분석하고 이를 토대로 자료들을 비교하고 분석해 새로운 옷을 디자인하는 기획부터 일은 시작됩니다. 기획된 바를 바탕으로 디자인하면 이것을 옷으로 만들기 위해 샘플제작서를 작성하고 디자인을 일러스트로 표현합니다. 이것을 보고 작업장에서는 전문가들이 견본 의상을 제작하고 피팅 모델이 옷을 입어 본 후 보완할 점을 찾아내 실제로 입을 수 있는 옷으로 만듭니다.

디자이너가 되는 방법은 여러 가지가 있는데요. 패션 디자이너가 되기 위해서는 전문대학 및 대학교에서 의상디자인학, 패션 디자인과, 의류의상학 등을 전공하면 유리합니다. 관련 학과의 교육 과정에는 복식사, 의복 재료론, 의상 심리학, 코디네이션 기법 등의 이론과 의상 디자인에 대한 실기가 포함되어 있고요. 마케팅, 머천다이징 교과목도 있어서 상품으로서의 의상을 팔기 위한 전략도 배울 수 있습니다. 이 외에도 사설 교육 기관에서 패션 디자인, 의류 제작에 대한 교육을 받거나, 이름 있는 외국의 패션 스쿨로 유학을 갈 수도 있습니다.

패션 일러스트레이터

패션 일러스트는 단순히 옷을 그리는 것이 아니라 짧은 시간에 소비자의 주목을 받을 수 있도록 옷의 콘셉트를 창의적으로 표현하는 것입니다.

일러스트레이터 중에 패션 일러스트를 따로 분류하는 이유는 옷에 대한 기본 지식이 있지 않으면 그릴 수 없기 때문이죠.

패션 일러스트는 주로 일선에서 일하는 디자이너들이 사용하는 옷의 설계도로 쓰이는 갈래와 전문적으로 패션 일러스트를 그리는 갈래로 나뉠 수 있습니다. 옷의 설계도로 그릴 때에는 인체와 옷의 구조를 정확히 알고 있으면 충분히 실전에 활용할 수 있어요. 그러나 전문적인 패션 일러스트레이터가 되기 위해서는 옷의 본질을 그림에 반영하고 자신의 개성과 감성을 발휘하면서 트렌드를 반영할 수 있어야 하므로 끊임없는 공부를 통해 전문성을 갖도록 노력해야 합니다.

현재 국내에는 실력을 갖춘 전문가가 소수인 실정이라 적성에 맞는다면 진출하기에 유리한 분야입니다. 활동 영역이 패션 업계에만 있지 않고 광고, 출판, 교육, 영화, 브로슈어 등에도 있다고 볼 수 있습니다.

테크니컬 디자이너TD

테크니컬 디자이너는 패션 디자이너의 디자인을 사람 몸에 맞게 생산할 수 있도록 디자인을 구체화시키는 사람이라고 볼 수 있습니다. 옷의 품질을 좌우하는 감성적이고 기술적인 전문성을 갖고 기획에서부터 제작까지 전면적인 기술을 담당하고 있습니다.

디자이너의 스케치가 옷으로 탄생하기까지의 생산 의뢰서와 테크니컬 패키지를 만들고, 이것들을 바탕으로 패턴의 제작과 옷의 핏을 수정하며 옷 생산 과정에 관련된 전반적인 면을 총괄합니다.

테크니컬 디자이너가 되기 위해서는 패션에 관련된 전공을 하는 것이 좋고, 컴퓨터를 다룰 일이 많으므로 그래픽 관련 프로그램을 다루는 것이 유리하며, 생산 라인이 외국에 있는 경우가 많으므로 외국어 능력이 뒷받침되면 금상첨화입니다. 또한 여러 라인을 총괄해야 하므로 대인 관계, 의사소통 능력, 시간 관리 등의 능력이 뒷받침되면 최고의 테크니컬 디자이너가 될 수 있습니다.

패션 스타일리스트

1960 · 70년대 프랑스에서 오트 쿠튀르의 디자이너와 구별하기 위해 프레타 포르테의 디자이너를 스타일리스트라고 불렀지만, 요즘 패션 스타일리스트는 다른 의미를 지닙니다.

패션, 방송, 영화, 연극, 공연 예술, 디스플레이 등 다양한 분야에서 때와 장소와 분위기에 맞게 머리부터 발끝까지 스타일을 연출하는 직업입니다. 패션 스타일리스트, 방송 스타일리스트, 영화 스타일리스트, 광고 스타일리스트라고 분야별로 불리기도 합니다.

전체적인 분위기를 연출할 수 있어야 하므로 의상, 액세서리, 헤어스타일, 메이크업 등을 분위기를 연출할 수 있어야 하죠. 패션에 대한 이해도가 있어야 함은 물론이고 전체적인 그림을 만들어 낼 수 있는 창의력과 상상력이 필요합니다.

패션 스타일리스트는 프리랜서로 일하는 경우가 많습니다. 최근에는 연예 기획사에서 직접 스타일리스트를 고용하는 경우도 많다고 하네요. 프리랜서로 일하는 때에는 잡지사, 영화사, 광고사 등의 의뢰를 받아 일을 하게 되므로 최신 트렌드를 알아야 하죠. 또한 다양한 콘셉트를 연출해야 하므로 과거 트렌드도 알고 있어야 하고, 일정에 맞춰서 움직여야 하기 때문에 체력적인 부담이 있습니다.

예전에는 옷을 입혀 주는 일로만 인식되기도 했지만 최근에는 이미지메이킹을 해 주는 전문직이라는 인식이 강해졌습니다. TV에 일반인을 메이크오버 해 주는 여러 메이크오버쇼를 보면 패션스타일리스트의 역할에 대한 이해가 높아질 것입니다.

패션 에디터
패션과 관련된 언론의 편집자를 말합니다. 주로 패션 잡지사에서

칼 라거펠트, 변화가 두려울 게 뭐야

일하시는 분들이죠. 대중들에게 패션에 관해 알려 주는 일을 하기 때문에 패션 트렌드에 많은 영향력을 갖고 있다고 할 수 있습니다.

트렌드를 기사로 작성하고 화보 촬영을 기획 준비하고 잡지 내부 디자인을 구성하는 일을 합니다. 그러기 위해 편집 기획안을 작성하며 모델, 스타일리스트, 포토그래퍼, 리포터, 라이터들에게 기획에 따라 일을 총괄하는 업무를 수행합니다.

패션에 대한 관심은 일단 많아야 하고, 관련된 정보와 의사소통 능력이 주요해야 하며, 세계 패션 트렌드를 읽어 내기 위해 외국어 능력도 필수라고 볼 수 있습니다. 물론 글쓰기 능력이 필수겠죠.

샵마스터

패션샵이나 백화점 등에서 고객에게 패션 상품에 관한 정보를 주고 고객에게 어울릴 수 있도록 옷과 소품들에 대해 조언을 해 주면서 매장을 관리하는 역할을 합니다.

고객응대 외에 상품 관리, 고객 관리, 판매 관리, 재고 관리, 매장 관리를 하게 됩니다. 이 직업은 전문적으로 교육을 받은 경우가 많고, 고객을 응대해야 하는 만큼 그에 맞는 태도와 말솜씨를 갖고 있어야 합니다. 또한 고객이 불편하지 않도록 매장 분위기를 만들어 가는 능력이 요구됩니다.

패션 포토그래퍼

만들어진 패션 제품을 보다 소비자에게 시각적으로 잘 전달하기 위해 사진으로 패션을 표현하는 직업입니다. 사진에 대한 기술과 지식이 있어야 하는 건 당연하지요. 거기에 패션을 이해하는 감각이 필요합니다. 제품을 돋보이게 하는 여러 가지 기법을 알고 있어야 하며, 모델과 능숙한 의사소통을 통해 사진의 완성도를 높일 수 있는 능력이 요구됩니다.

텍스타일 디자이너

옷을 만드는 기본 재료라고 할 수 있는 실부터 시작해서 직물과 편물 등의 천을 디자인하는 직업입니다. 원단에 날염을 하는 디자이너와 무늬를 고안하는 디자이너로 나뉘는데 최근에는 니트 디자이너도 증가세에 있습니다.

패션 모델

패션 모델은 디자이너가 최신 유행의 옷을 발표하는 패션쇼에서 의상이나 제품을 걸치고 소비자, 구매자, 디자이너 등의 고객에게 제품을 최대한 좋게 보이는 것을 직업으로 하는 사람입니다. 소비자의 구매 욕구를 자극해야 하므로 의상이 아름답게 보일 수 있는 신체적 조건이 필요한 직업이죠. 패션을 이야기할 때 가장 먼저 떠오르는 직업이라고 할 수 있답니다.

칼 라거펠트, 변화가 두려울 게 뭐야

패션 모델을 육성하는 학과와 학원 등이 운영 중이며, 선발 대회나 오디션 등을 통해 패선계에 입문할 수 있습니다.

컬러리스트

색채를 전문적으로 다루는 패션 전문가로 별칭으로 색채 코디네이터color coordinator라고 통용되기도 합니다. 이들은 컬러 정보를 수집하고 컬러 방향 빛 브랜드 별, 아이템 별, 모델 별 컬러를 선정하고 색채 계획을 총괄하는 업무를 수행하지요. 패션의 캐릭터 성이 강화되면서 다양한 컬러 연출을 통한 이미지 창출은 브랜드의 부가가치를 높여 주므로 컬러리스트는 색채를 통해 예술적 소질을 발휘하면서 동시에 패션 마케팅 차별화 요소에 컬러리스트가 핵심적 역할을 하게 될 것입니다.

디스플레이어

쇼윈도나 점포의 상품을 효과적으로 진열 전시하는 패션 전문가로서 국내외 트렌드, 브랜드의 콘셉트, 시즌, 행사의 테마와 목적에 맞게 분위기를 연출하는 업무를 수행합니다. 소비자의 욕구가 개성화, 다양화, 글로벌화 되면서 전시라는 디스플레이의 개념에서 시각적으로 보여 줄 수 있는 모든 개념인 비주얼 머천다이징visual merchandising의 의미가 더욱 확대되고 있어 VMD매니저로 불리죠. 소비자의 구매 욕구를 자극시켜 판매를 촉진하고 기업의 이익을 극대

칼 라거펠트를 꿈꾼다면

화 시키는 직접적인 역할을 하기 때문에 창조적인 디스플레이어의 역할이 중요해지고 있습니다.

모델리스트 패터너

모델리스트는 디자이너가 고안한 디자인대로 충실히 실제 작품의 견본을 만듭니다. 기성복 업체에 오리지널 디자인을 파는 사람도 모델리스트라고 하지요. 같은 디자인이더라도 패턴에 따라 착장의 느낌이 달라지므로 모델리스트의 역할은 중요하다고 할 수 있습니다.

패션 컨버터 fashion converter

가공되지 않은 원단을 염색, 가공 처리해서 완성시킨 원단을 판매하는 패션 전문가입니다. 패션 소재의 개발을 통해 상품을 차별화하고 부가가치를 높이므로 패션 트렌드와 소비자 감성을 빠르게 파악하는 신속성과 창조성을 갖춰야 합니다.

패션 머천다이저 패션 MD

MD는 머천다이저의 약자입니다. 패션과 그 관련 상품을 구매하고 마케팅을 담당하는 사람입니다. 이 일을 위해 소비자가 상품, 가격, 서비스 등에서 무엇을 원하고 있는지를 미리 알아보고 그에 맞게 기획을 할 수 있어야 합니다.

칼 라거펠트, 변화가 두려울 게 뭐야

MD는 다양한 분야로 나뉠 수 있습니다. 먼저 기획 MD는 패션 시즌과 그 시장 특성에 따른 상품을 기획합니다. 상품 MD는 상품을 구매하는 역할을 하고, 영업 MD는 상품의 판매와 입출고를 담당하며 생산 MD는 생산 관련 업무를 합니다. 그 외에 리테일 MD, 어패럴 MD, VMD가 있습니다.

패션 바이어

상품의 구매buying 업무를 담당하는 패션 전문가로서 이들은 점포에서 소비자가 원하는 상품을 구매하는 역할을 하므로 판매 실적과 직접 연결되어 있어 패션 상품에 대한 고도의 전문적인 지식이 필요합니다. 다양한 패션 소매 업태의 출현 및 증가로 패션 바이어의 역할 및 수요가 증대되고 있는 분야랍니다.

●패션 MD와 바이어의 차이

머천다이저는 외국 상사, 의류업체, 유통업체에 따라 역할에 조금씩 차이가 있지만 일반적으로는 상품 기획자로 상품기획에서부터 구매 진열 판매 등을 총괄하는 일입니다. 패션 바이어는 브랜드를 만들어 생산한다기보다 만들어진 것을 구입하는 일을 하는 사람으로 해외에서 상품을 선택해서 수입하고 매장 현황을 분석하여 알맞은 시기에 재수입하는 식의 업무를 진행하는 일로 패션 MD를 좀 더 세분화했을 때 영업 MD에 가까운 일이라 볼 수 있습니다.